U0139947

山音

山 の 音

〔日〕川端康成 著

无问 译

北京联合出版公司
Beijing United Publishing Co.,Ltd.

只 为 优 质 阅 读

好
读
Goodreads

目录

山　音 / 001

蝉　翼 / 018

云　焰 / 036

栗　子 / 049

岛　梦 / 070

冬　樱 / 089

朝　露 / 104

夜　声 / 119

春　钟 / 135

鸟　巢 / 154

都　苑 / 171

伤　后 / 190

雨　中 / 206

蚊　群 / 218

蛇　卵 / 230

秋　鱼 / 245

山 音

一

尾形信吾眉头稍皱，嘴巴微张，似乎若有所思的样子。在别人看来，也许他不是在思考，而是陷入了悲伤。

儿子修一虽然察觉到了，却已见怪不怪，并没在意。

他显然更清楚父亲应该不是在思考，而是试图回忆着什么。

父亲脱下帽子，用右手放在膝上。修一默默地将帽子取过来，放到了电车的行李架上。

"嗯，那个……"

此时，信吾有些难以开口。

"前些日子回去的女佣，叫什么来着？"

"您是说加代吗？"

"哦，是加代。她什么时候回去的？"

"上周四，五天前吧。"

"五天前？五天前休假的女佣，我竟连她的长相和穿着都记不清。真是糊涂啦。"

修一觉得父亲的反应多少有些夸张。

"大概是加代回去前的两三天吧。我出去散步时刚要穿木屐，随口说了一句'怎么有脚气了'。加代却说'您脚磨伤了呀'。她言语关切，令我深为感动。这应该是此前我散步时被木屐带磨伤，而她在'木屐带磨伤'的'磨伤'前加上敬语，说成'您脚磨伤'。我听了之后，真挺感动。不过，如今一想，才发现她说的只是磨伤，并不是用了敬语，敬语是来自木屐带中的发音。这样的话，就没什么可感动的了。加代的发音真是奇怪，原来我被她的音调给骗了，如今才反应过来。"

信吾接着说："你能不能用敬语说一遍'磨伤'？"

"磨伤。"

"那用木屐带磨伤的'磨伤'呢？"

"还是磨伤。"

"怎么样，看来我想的没错。是加代的音调有问题。"

父亲来自小地方，对东京话中的音调把握不准。不过，修一却是在东京长大。

"我本以为她在'磨伤'前加了敬语，所以听起来亲切又顺耳。她将我送出玄关，然后跪坐在那里，如今我才反应过来她说的原来是木屐带，不过现在我连她的名字都想不起来了。至于她长什么样子穿什么衣服，也记不清了。加代是不是在家里待了半年呀？"

"是的。"

修一早已习惯，因此一点也不同情父亲。

对信吾本人来说，虽然他也习惯了，但还是稍微有点恐惧。

无论怎么回想，加代的形象还是无法清晰地浮现出来。面对脑海中这种空虚的焦急，他有时也会在感伤中得到缓解。

现在就是这样。信吾想起了加代在大门口双手伏地跪坐施礼的样子，她当时还稍微挺起上身说"脚磨伤了呀"。

女佣加代在家里只待了半年，因为一次大门口的相送，竟将记忆留在他的脑海之中。想到此，信吾似乎感受到了自己不断逝去的人生。

二

妻子保子现年六十三岁，比信吾大一岁。

他们育有一儿一女。其中，长女房子生了两个女孩。

保子看起来比较年轻，让人觉得她没有丈夫年龄大。这并不是说信吾有那么老，而是一般来看老夫少妻更为常见些，实际上他看不出来有什么不自然。当然，这可能和保子虽然个子小却健康能干有关吧。

保子并不是个美人，年轻时甚至还有些显老，所以那时信吾不喜欢和她一块儿出门。

不知在他多少岁时，别人就用老夫少妻这种常识来看待他们。这种看法是否合理，信吾思来想去也没弄明白。过了五十五岁之后，他才略微想通。女人本该容易显老的，事实却正好相反。

去年，人到花甲的信吾有点咯血。血好像是从肺部咳出来的，但他没有接受系统的诊疗，也没去好好养生，之后倒也没出问题。

不过信吾并没有因此衰老，他的皮肤反而变得更好了。躺了半个月，眼睛和唇色看起来年轻了许多。

信吾以前并没有感觉到结核的症状，六十岁的他第一次咯血，总觉得有些凄惨，甚至有点不愿让医生检查。修一觉得这是老人的冥顽，但在信吾看来却并非如此。

大概是身体健康的缘故，保子睡眠很好。有时，信吾都会觉得自己是被保子夜里的呼噜声所吵醒的。保子十五六岁就有了打呼噜的毛病，听说父母花费苦心为她矫正，婚后便不再打了，谁知过了五十岁又复发了。

对此，信吾会捏住保子的鼻子摇晃。若还是止不住，他就会抓着她的喉咙再摇。做这些举动，还是他心情好的时候。心情不好的时候，他会觉得一起生活多年的妻子又老又丑。

今晚信吾的心情就不好，他打开电灯，扫视了一下保子的脸，然后抓住她的喉咙摇动，这让他稍微有些出汗。

当妻子不再打呼噜时，信吾打算去摸一下她的身体。想到此，他产生了一种若有所失的伤感。

他拿起枕边的杂志，但由于闷热又起身打开了木板套窗，然后蹲在那里。

月夜。

菊子的连衣裙吊在木板套窗的外面，呈现出松垮的令人生厌的白色。看到此，信吾觉得可能是忘了收回来，不过也可能是想让夜露冲掉上面的汗味。

"吱呀——吱呀——吱呀"，院子里响起了蝉鸣。那是左手边樱花树上的蝉。蝉怎么会发出这种令人毛骨悚然的声音？信吾不敢相信，但确实是蝉。

蝉难道也害怕梦魇吗？

蝉飞了过来，落在蚊帐下端。

信吾抓住了蝉，但蝉并没鸣叫。

"是哑蝉呀"，信吾喃喃自语。原来它和会叫的蝉不一样。

为了防止蝉看到光亮再误飞进来，信吾用力将它丢向左手侧樱花树的高处。

信吾抓着木板套窗，向樱花树望去，他不确定蝉有没有落在树上。他感到月夜已深，这种幽深似乎横向延伸到了远方。

距离八月还有十天，但虫鸣依旧。

甚至还能听到夜露从这片叶子滑落到那片叶子的声音。

接着，信吾突然听到了山音。

没有风，月已近满，明亮非常。潮湿的夜气中，小山上树林的轮廓已经模糊，但却没有因风而摇动。

信吾所伫立的廊下的蕨类叶子也一动未动。

因为有时晚上能够听到镰仓山谷深处的波声，信吾以为是大海的声音，但实际上是山音。

这和远处的风声很像，但却有一种低吼般的深厚底力。这种声音似乎也钻入了信吾的耳中，他以为是耳鸣，于是晃了晃脑袋。

声音停了。

之后信吾感到一阵恐慌袭来。他不寒而栗，想着这莫不是在宣告自己死期将至？

信吾本想冷静地分辨是风声、海声，还是耳鸣声，但觉得怎么可能是这种声音。他确实听到了山音。

就像魔鬼经过时扰动的山鸣。

山坡很陡，可能是夜色充满水汽的缘故，山前像是矗立着暗黑的墙壁。实际上那只不过是信吾家院子里修整过的小山，因此墙壁看起来更像一切两半的椭圆。

墙壁的旁边和后面也都是小山围绕，但鸣声却似乎来自信吾家的后山。

山顶树木的空隙里，几颗星清晰可见。

信吾关上木板套窗，想起了一桩奇妙之事。

大约十天前，他在新建的旅馆等客。客人没来，只来了一名艺伎，之后才来了一两个人。

"太热了，我帮您解开领带吧。"艺伎说。

"嗯。"信吾任由艺伎帮他解开。

两人其实并不熟悉。艺伎将领带放进壁龛边信吾上衣的口袋中，然后开始讲述自己的遭遇。

据说两个多月前她差点和建设这座旅馆的木匠殉情。但当他们吞下氰化钾前，艺伎对这种剂量是否确实可以致人死亡产生了怀疑。

"这个致死量没错，木匠当时就这么说的。而且一包一包分别装得这么好，不就是证据嘛，包得多好呀。"

但她还是不信，疑心越发重了。

"可是这是谁装的呢？有可能为了惩罚他以及与他赴死的女人而在剂量上动了手脚。当我再三询问这是哪一个医生或药店开的，他却说不出话来。这是不是很奇怪？两人决定殉情，而他怎么也不说。到后来我都没想明白。"

信吾想说"你是在说单口相声吧"，不过却没说出口。

她是坚持要让人重新测一下这药的剂量，然后说"我才原封不动地把药带到这儿"。

信吾觉得这真是一桩怪事，而他的耳中只听进了"建设这家旅馆的木匠"这句话。

艺伎从纸盒中拿出药包，并打开让信吾看了看。

他瞅了一眼后"哦"了一声。那是不是氰化钾，信吾根本不知道。

信吾边关木板套窗，边回想那名艺伎。

信吾钻进被窝，虽然听到了山音的恐惧，却不能将六十三岁的妻子唤醒并说给她听。

三

修一和信吾在同一家公司，他还承担帮助父亲唤醒记忆的角色。

保子自不必说，就连修一的妻子菊子也分担了这一角色。家里的三人，都在帮助信吾恢复记忆。

信吾公司办公室的女事务员，也在帮他增强记忆。

修一走进信吾的办公室，然后在角落的小书架上拿出一本书开始随意翻页。

他嘴里一边"哎呀哎呀"，一边走向女事务员的桌边，让她看翻开的那页。

"怎么了？"信吾笑着问。

修一把书拿了过来。那一页这样写着：

"这里不存在丧失贞操的观念。男人不堪忍受只爱一个女人的痛苦，女人不堪忍受只爱一个男人的悲伤。为了让双方都快乐而长久地相爱下去，各自寻找爱人以外的男女便是一种解脱。换言之，这是有利于彼此相爱的方法……"

"这里是哪里？"信吾问。

"是巴黎。这是一篇小说家的欧洲纪行。"

信吾的脑袋已经对警句、异说反应迟钝。但是他觉得这并不是警句，也不是异说，而像敏锐的洞察。

信吾发现修一并没有对这段话铭感五内，而是积极示意要在下班后将女事务员带出去。

从镰仓站下车后，信吾就心想着要是和修一商量好回家的时间或者比修一晚点回家就好了。

从东京回家的人很多，导致公交十分拥挤，信吾干脆就步行了。

他驻足在一家鱼店前往里面瞧了瞧，老板招呼了一声，他就进到店里。装着对虾的桶里，水沉淀出浑浊的白色。信吾又用手指碰了碰龙虾，龙虾应该是活的，但却一动不动。现在正是海螺大量上市的季节，他决定买些海螺。

"来几个？"信吾被老板一问，迟疑了一会儿。

"嗯，三个，要大点的。"

"好的，那我给您收拾一下吧。"

老板和儿子两个人用刀尖戳进海螺，剔出螺肉时刀子剐蹭螺壳的嘎吱声，让信吾感到不舒服。

用水龙头清洗完海螺正好要快速将其切开时，两个姑娘站在了店门前。

"买点什么？"老板边切边问。

"买竹荚鱼。"

"要多少？"

"一条。"

"一条？"

"对。"

"这一条？"

这是一条稍大点的小竹荚鱼。姑娘对老板明确的表态并未在意。

老板用纸片包好，将鱼递给了她。

后面的姑娘走到她旁边，戳了戳她的胳膊肘说："不是不买鱼嘛。"

前面的姑娘接过鱼后，又开始看虾。

"虾子到周六都有吧？我那位可喜欢吃啦。"

后面的姑娘什么话都没说。

信吾颇为吃惊，偷看了姑娘一眼。

她们是附近的娼妓，背部都露在外面，脚上穿着布拖鞋，身材曼妙。

鱼店老板将切好的螺肉归整到砧板正中，然后分别放进三个贝壳。

"那种人镰仓也多起来了。"老板一副很是不屑的口吻。

信吾对老板的语气感到十分惊诧。

"不是挺好的吗？应该值得赞美呀。"信吾似乎并不同意。

老板漫不经心地将螺肉装入贝壳，可是三个海螺的肉混在了一起，各自应该都不可能丝毫不差地被放回到原来的贝壳之中了吧。信吾关注到这个奇妙的细节。

今天是周四，还有不到三天就到周六。信吾心想，最近鱼店经常卖虾，那位野性的姑娘怎么能将一尾虾做成料理让外人吃呢？虾不管是煮、是烧，还是蒸，都属于一味简单粗糙的食品。

信吾的确对姑娘有些好感，自那之后他感到压抑不住的寂寞。

家里有四口人，他却只买了三只海螺。他知道修一晚饭不回家，因此对儿媳菊子并没有什么明显的顾忌。当鱼店老板问他买多少时，他不由得将修一给省去了。

信吾路过菜店，顺便又买了些银杏带了回去。

四

信吾第一次买下酒菜回来，但保子和菊子似乎并未感到惊讶。

可能没看到本应一道回来的修一，她们为了掩饰此时的心情吧。

信吾将海螺和银杏递给菊子，然后随她来到厨房。

"给我倒杯白糖水。"

"好的，您稍等。"菊子应声后，信吾自己却扭开了水龙头。

水槽里放着龙虾和对虾，让信吾很是满意。在鱼店他只是想买些虾，但没想过两种都买。

信吾看着虾的颜色说："真是好虾呀，鲜活又漂亮。"

菊子一边用刀背敲银杏，一边说："好不容易买回来的，却没法吃呀。"

"是吗？可能是过季了吧。"

"给菜店打个电话，就这么说。"

"好的。不过虾和海螺同属一类，买多了。"

"看我展示一下江岛茶店的手艺。"菊子探出舌头说。

"海螺用来烤，龙虾用来烧，对虾做成天妇罗。我再出去买点香菇。爸，您这会儿能不能去院子里摘点茄子来？"

"好。"

"摘小点的。然后再弄点软嫩的紫苏叶。对了，只做对虾行不行？"

晚饭餐桌上，菊子端出了两份烤海螺。

信吾有点不解地问："还差一份吧？"

"哎呀。我知道爷爷奶奶牙口不好，所以想让二老和和美美地一起分享一份。"菊子说。

"什么……可别开玩笑啦。家里又没有孙子，怎么会有爷爷呀。"

保子低下头，默默地笑了。

"对不起呀。"菊子轻轻起身，又端来一份烤海螺。

"菊子说得没错，咱俩和和美美地一起分享一份多好呀。"保子说。

菊子的机智应变，让信吾内心不胜感叹。原本他还较真是三份还是四份，不料却被菊子这样化解。她那看似天真的言语，真是不容小觑。

菊子也许是想给修一留一份，也许是想和婆婆分一份。

不过，保子却没有明白信吾的心思，又糊涂地再问："海螺不是只有三份吗？我们四个人，为什么只买了三份？"

"修一没回来，没给他买。"

保子苦笑。不过可能是年龄的关系，倒看不出来是苦笑。

菊子脸上没有表露不快，她也没问修一去了哪里。

菊子兄弟姐妹八人，她是老幺。

上面七个都结了婚，生了很多孩子。信吾有时会想，菊子的父母竟有如此强大的生育能力。

菊子常常抱怨信吾总是记不住她哥哥姐姐的名字，而那一堆外甥、外甥女的名字就更是记不住了。

父母本不打算再生下菊子，他们认为不可能再生了，可是她母亲偌大年纪偏偏怀孕，因此深感丢人。她曾诅咒自己的身体，甚至想堕胎，不过没有成功。由于是难产，菊子是被产钳夹着头拽出来的。

菊子说这是母亲告诉她的，她也这样转述给了信吾。

信吾不理解为什么一个母亲要把这事告诉孩子，而菊子为什么又告诉自己。

菊子用手掌揽起刘海，让他看额上依稀可见的伤痕。

自此之后，每当看到菊子额上的伤痕，会令信吾忽然觉得她很是可爱。

不过，菊子到底还是老幺。与其说她被溺爱，不如说她备受大家喜爱，她也有柔弱的时候。

菊子刚嫁过来时，信吾就发现她肩膀无意间地一动就能产生动感之美。这显然是一种新的媚态。

信吾会从白皙苗条的菊子身上联想到保子的姐姐。

信吾年少时就曾暗恋过保子的姐姐。姐姐死后，保子就到姐姐的婆家去工作，并照料遗孤，她干起活来有一股拼命的劲头。保子想做姐夫的继室，这固然和她喜欢姐夫的帅气有关，但更主要的是她仰慕姐姐。姐姐是个美人，这让人很难相信她们是一母同胞。保子觉得，姐姐和姐夫就像是理想世界的人。

保子深爱姐夫和遗孤，但姐夫却对保子的真心并未在意，经常在外游荡。保子却像是愿意牺牲自我，心甘情愿一生去侍奉他们一样。

信吾知道这些，但还是和保子结了婚。

三十多年后的今天，信吾依然不认为他们的结合是错的。漫长的婚姻生活，未必要受初始的影响。

然而，保子姐姐的音容笑貌却印在了两人的心底。信吾和保子虽然不提姐姐的事，但却未曾将其忘记。

儿媳菊子嫁过来后，给信吾的回忆中注入了闪电一样的光亮，因此他并没有那么病态了。

修一和菊子结婚还不到两年，就已经有了外遇。此事让信吾颇为吃惊。

和农村出身的信吾的青年时代不同，修一从未因情欲和恋爱而苦恼，也没见过他有什么愁苦。修一什么时候第一次和女性偷吃禁果，信吾也不得而知。

信吾猜想修一如今的外遇要么是个娼妓，要么就是类似娼妓一样的人。

他怀疑修一把公司女事务员带出去跳舞之类的做法，可能就是为了欺骗父亲。

信吾无意中从菊子那了解到，修一的外遇好像不是那种女人。有了外遇之后，修一和菊子的夫妻生活似乎很快融洽了许多，菊子的身材也发生了变化。

吃海螺的那个夜里，信吾晚上醒来后听到了菊子的声音，而菊子并未在他跟前。

信吾想，菊子压根儿就不知道修一的外遇是什么个情况。

"那一个海螺，莫不是对父母表达的歉意？"信吾喃喃自语。

不过，菊子虽然不知道内情，但那女子带给菊子的冲击是什么呢？

就这样迷迷糊糊到了天亮。信吾走出去拿报纸。月仍悬在高空。他扫了一眼报纸，又睡了。

五

在东京站，修一快速走入电车占了座位，然后将座位让给随后而来的信吾，自己站着。

修一将晚报递给信吾，然后从自己的口袋里掏出信吾的老花镜。信吾也有一副，但是经常忘记放在哪里，因此让修一带了一副备用。

修一屈身将视线从晚报移到信吾身上说："今天，谷崎说她有个小学同学想出来当女佣，然后拜托我。"

"是吗？招谷崎的朋友来，这样合适吗？"

"为什么呢？"

"说不定那女人会向谷崎打听，把你的事告诉菊子。"

"真没劲，有什么可说的呢。"

"那么，女佣的身世能不能了解一下呢？"说罢，信吾又看起了晚报。

到了镰仓站，修一便问信吾："谷崎向您说我什么了？"

"什么也没说，她嘴挺严的。"

"是吗？真烦！要是让您办公室那个事务员知道还以为我怎么样了，这岂不让您也难为情，让别人笑话吗？"

"那当然啦。你可不能让菊子知道！"

修一可能不打算过于隐瞒，于是便问："谷崎都说了吧？"

"谷崎知道你有了外遇，还会和你一起出去游玩吗？"

"大概会吧。有一半的嫉妒心作祟吧。"

"你可真让人无语。"

"要分了，现在正准备分手呢。"

"你说得我不清楚。这些事，慢慢再说吧。"

"我和她分手之后，再慢慢告诉您。"

"不管怎样，不能让菊子知道。"

"好。不过，菊子可能已经知道了。"

"什么？"

信吾心有不悦，陷入了沉默。

回家之后他依然不高兴，吃完晚饭便离开饭桌，进了自己房间。

菊子端来切好的西瓜。

保子随后跟来说："菊子，你忘了拿盐啦。"

菊子和保子不约而同都坐在了廊下。

"他爸，菊子说西瓜，你没听见吗？"保子说。

"没听见呀，但我知道有冰镇的西瓜。"

"菊子，你爸说他没听见。"保子告诉菊子。

菊子也转向保子说："爸爸好像在为了什么事而生气吧。"

信吾沉默许久之后开口说："可能是最近耳背吧。最近，我半夜打开木板套窗纳凉，听到了山鸣般的声音。老婆子，你呼噜呼噜睡得可真沉。"

保子和菊子看了看后面的小山。

"您是说山鸣吗？"菊子问。

"我也曾经听妈说她姐姐在去世之前就听到了山鸣。妈，您是说过吧？"

信吾吃了一惊。连这事竟忘记了，他觉得自己真是不可救药。听到山音，为什么没想到这事呢。

菊子说完，似乎也有些担心，她那美丽的肩膀一动不动。

蝉　翼

一

女儿房子带着两个孩子过来了。

大女儿四岁，小女儿刚过周岁。按这个节奏下去，以后可能还会生吧。信吾若无其事地问："是不是又怀上了？"

"爸，您又问，真烦人。之前不就这么问过吗？"

房子麻利地将小女儿仰面平放，边解褓褓边问："咱家菊子还没怀上吧？"

这不经意的一句话，让菊子那原本还在凝望着婴儿的脸立刻板了起来。

"把那孩子就那样再放一会儿吧。"信吾说。

"是国子，不是那孩子。国子这名字还是您起的呢。"

似乎只有信吾觉察到了菊子的表情变化。不过，他并没在意，只是疼爱地望着国子被解开的光脚在活动。

"就那样放着吧。她好像挺欢快呢。大概是太热了吧？"保子说完便向前跪行过去，她一边挠痒痒似的从婴儿的下腹抚到大腿，一边说，"你妈妈和姐姐去浴室擦汗去啦。"

"毛巾呢？"菊子站起身来。

"带来了。"房子说。

这次来好像是要住上几日。

房子从包袱里拿出毛巾和换洗衣服，大女儿里子紧挨着她背后不声不响地站着。这孩子来了之后就没说过一句话。从后面看，里子头上的黑发尤为显眼。

信吾见过房子的包袱，只记得那曾是自家的东西。

房子是背着国子、牵着里子的手，又拎着包袱从电车站走过来的。信吾觉得来这趟挺不容易。

就这样牵着她的手一路走来，但里子却不怎么听话。母亲遇到困难或柔弱难当的时候，她却越发黏人。

信吾觉得善于着装打扮的儿媳菊子可能会让保子感到不舒服。

房子去了浴室之后，保子抚摸着国子大腿浅红的地方说："这孩子，好像要比里子结实呀。"

信吾说："这可能是因为父母分离后才生下她吧。"

"应该是里子出生之后父母分离才影响的吧。"

"四岁的孩子知道什么？"

"当然知道了，会有影响的。"

"是天生的吧，里子这孩子……"

国子意外地翻过身，一股脑地爬出来，抓住拉门站起身子。

"哎呀。"菊子张开双臂走向前抓住国子的两只手，然后带她走进隔壁房间。

保子忽然站起来，拿起房子行李旁的钱包，瞄了一下里面。

"喂，你干什么？"

信吾压低声音，身子在颤抖。

"别声张。"

"为什么？"

保子很冷静。

"我说别声张就别声张，你还想干什么。"

信吾的指尖颤抖着。

"我又不是偷东西。"

"你这比偷还要差劲。"

保子把钱包放回原处，然后她也坐了下来说："看看女儿的东西，有什么不对？她来家里，她连点心也没法马上就给孩子买，多不容易呀。我也想了解一下她的境况嘛。"

信吾盯着保子。

房子从浴室出来了。

保子赶忙就说："唉，房子，刚才我翻看你的钱包，竟被你爸给数落一通。你要觉得不好，我就给你道歉得了。"

"哪有什么不好的呀。"

保子告诉了房子，信吾越发不悦了。

也许正如保子所言，母女之间这种事并不值得大惊小怪，信吾暗自琢磨着。可是自己一生气就颤抖，莫不是年龄大了，疲惫源自身体本能吧。

房子窥看了一下信吾的脸色。相比母亲看她的钱包，她大概对父亲的生气更加吃惊。

"看看有什么呀，您看嘛。"她满不在乎地随手把钱包抛到了母亲的膝前。

这再次刺激到了信吾。

保子并没想着把手伸向钱包。

"相原觉得我没钱就逃不出来，反正钱包里什么也没有装。"房子说。

菊子扶着走路的国子，国子忽然脚没踩稳摔倒了，菊子就把她抱起来。

房子从下面撩起罩衫，给她喂奶。

房子长得不好看，但身体好，胸部还没下垂。由于乳汁充足，乳房涨得很大。

"大周末的，修一还要出门吗？"房子问起了弟弟的情况。

她似乎觉得有必要缓和一下父母之间的尴尬。

二

信吾回到了自家附近，他仰望着别人家的向日葵。

他一边仰望，一边走到花下。向日葵长在门旁，花头向着门口低垂着。因此，信吾站的位置正好影响那家人正常出入。

那家的女孩回来了，她就站在信吾身后等待着。她并非不能从信吾旁边绕行进入，但她认识信吾，于是就等在那里。

信吾注意到了女孩。

"好大的花呀，真漂亮。"

女孩腼腆地笑了。

"只留了一朵花。"

"一朵呀！所以才开这么大呀！开了好长时间吧？"

"嗯。"

"开了几天呢？"

十二三岁的女孩没回答出来。她边思考边看信吾的脸，然后和信吾一起抬头观花。女孩被晒得很黑，脸蛋圆圆胖胖的，手脚却很瘦。

信吾准备给女孩让路时刚好看了看对面，发现前面两三家门前也有向日葵。

那里的一棵向日葵挂着三朵花，花朵只有女孩家的一半大小，长在了茎部的顶端。

信吾打算离开，又再次回头仰望向日葵。

"爸爸。"这时，他听到了菊子的声音。

菊子正站在信吾的背后。毛豆从篮子边缘露出来。

"您回来了呀。刚才是在看向日葵呢？"

比起观赏向日葵这件事本身，信吾觉得没有把修一带到家附近一起观赏更让菊子感到不舒心。

"真漂亮呀。"信吾说。

"是不是很像伟人的脑袋？"

菊子无意识地点了点头。

"伟人的脑袋"这一说法是刚刚浮现出来。信吾并不是因此才去赏花的。

不过，说出这句话的时候，信吾强烈地感受到向日葵花那大而厚重的力量。他也感受到花的构造井井有条。

花瓣就像圆冠的边缘，圆盘的大部分都是花蕊。花蕊锦簇，茂盛非常。而且，花蕊与花蕊之间没有其他与之争艳的色彩，显得整齐而安静，而且充满了力量。

花比人的脑袋轮廓还大。大概是面对那井井有条的分量感，信吾才忽然由此想到人的脑袋吧。

此外，看到旺盛的自然力，信吾觉得那是魁伟的男性象征。花蕊的圆盘上，雄蕊和雌蕊如何作用信吾并不知晓，但他却感到了男性的力量。

夏日的太阳已近薄暮，傍晚海上风平浪静。

花蕊圆盘周围的花瓣，色黄宛若女子。

莫不是菊子过来才产生这种奇怪的想法？信吾离开向日葵，走了出去。

"我呀，近来脑袋很是迷糊。看到向日葵，好像才想起自己的脑袋。人的脑袋不会像向日葵那么干净吧？刚才在电车里，我就思考能不能只把脑袋拿出去清洗或者修理一下。要说把脑袋割下来确实荒谬，但能不能让脑袋离开身体，就像洗衣服一样告诉对方'这个拜托你洗一下'，然后就放在大学医院里呢？在医院清洗脑袋或修理有问题的地方，三天也好，一周也罢，身体就能睡个够，既不辗转反侧，也不会做梦。"

菊子耷拉下上眼皮说："爸，您是累了吧？"

"是呀。今天在公司见客，吸了一口烟就放在烟灰缸里，然后点了一根又放进烟灰缸。当我反应过来，就看到同样长的三根烟并排在冒烟。真是惭愧得很哪。"

在电车里幻想着清洗脑袋这是事实，但相比于将脑袋洗干净，毋宁说他想到的是睡意正浓的身体。离开了脑袋的身体，睡起来应该是很舒服的。看来信吾确实累了。

他今天黎明做了两次梦，两次都梦到了死人。

"您没申请暑假休息吗？"菊子问。

"请了假，我想去上高地。离开身子的脑袋没地方寄存，我想到山上看看。"

"要能去的话那就太好了。"菊子轻快地说。

"啊，不过现在房子在家。她来家里好像也是为了舒缓一下。不知道房子觉得我在好还是不在好。菊子，你觉得呢？"

"啊，您真是位好爸爸。我好羡慕姐姐呀。"

菊子的话音有些奇怪。

信吾是想吓唬菊子，还是想岔开话题，借此不让菊子发现自己没和儿子一同回家的事实？他虽然没有这么做，但多少有点这种意图。

"喂，你是在取笑我吗？"

信吾随口一说，菊子却吓了一跳。

"房子到了这步田地，我怎么能算个好父亲呢。"

菊子感到窘迫。她脸颊变红，红到了耳际。

"这也不是爸爸的原因嘛。"

从菊子的话语中，信吾感到了某些安慰。

三

即使是夏天，信吾也讨厌喝冷饮。起初是保子不让他喝，后来他就习惯这样了。

无论是早起之后还是从外面回来，他都会习惯性地先美美喝上一阵热粗茶。这都得益于菊子对他照顾有加。

赏完向日葵花回家之后，菊子先忙着给他沏上粗茶。信吾喝了一半，就去换上了浴衣，随后端着茶杯向檐廊走去，然后边走边喝。

菊子拿着凉毛巾和烟从后面跟过来，给信吾的茶杯里续上热茶。站了一会儿，又给他拿来晚报和老花镜。

用凉毛巾擦完脸后，信吾觉得戴老花镜颇为麻烦，于是远望庭院。

那是个草坪已经荒芜的院子。院子对面的角落里，胡枝子和狗尾巴草像野生的一样成群疯长。

胡枝子的前面蝴蝶飞舞。绿色胡枝子的叶子间隙，隐约可见似有几只蝴蝶。信吾原以为蝴蝶要么飞到胡枝子上，要么绕飞在胡枝子旁，但它们却始终在胡枝子丛中飞个不停。

看着这情景，信吾觉得胡枝子另一边仿佛存在一个小世界。在胡枝子的叶子中间，若隐若现的蝴蝶翅膀让他感到美不可言。

信吾忽然想起此前一个接近满月的夜，就曾透过后面小山的群树看到星星。

保子过来坐在檐廊,一边扇着团扇一边说:"修一今天也晚回吗?"

"嗯。"

信吾将脸转向院子。

"胡枝子另一头有蝴蝶飞舞,你看到了吗?"

"嗯,我看到了。"

不过,蝴蝶好像不愿让保子看到,此时都向胡枝子的上方飞去。一共三只。

"居然有三只,是凤蝶啊。"信吾说。

这种凤蝶是凤蝶中的小型,颜色比较暗淡。

凤蝶在板墙上划过一条斜线,飞到了邻居家的松前。三只排成纵列,整整齐齐,间隔有序,从松树中间快速飞到树上。松树没有像庭院树那样修剪过,高耸地伸展着。

过了一会儿,一只不知从哪里飞来的凤蝶低飞着横穿过庭院,掠过胡枝子的上方。

"今早睡醒前,两次梦到死人啦。"信吾告诉保子。

"东南屋的叔叔,请我吃荞麦面呢。"

"那你吃了吗?"

"啊?什么?不能吃吗?"

梦中要是吃了死人拿出来的东西,莫不是活人也会死去?信吾心里琢磨着。

"怎么说呢,虽然他端了一整屉,但我总觉得自己始终没吃。"

没吃，好像就醒过来了。

盛面的笼屉外面涂黑，里面涂红，四方形的笼屉内，铺着竹编，甚至连梦中荞麦面的颜色信吾至今都记忆犹新。

到底是梦里就有颜色，还是梦醒之后赋予的颜色，信吾并不知道。总之，当前只对那荞麦面记忆清晰，而其他都已模糊了。

一屉荞麦面放在席上，信吾仿佛就站在跟前。东南屋的叔叔及其家人们都坐在那里，没有人铺设坐垫。信吾是站着的，真是奇怪。不过，他的确是站着的。虽然模糊，但是只有这一点他记住了。

当梦醒时，他就清楚地记得。然后入睡后今早再次起来时，记得更清楚了。不过到了傍晚，几乎又忘记了。只剩下那屉荞麦面的情形浮现在脑海，前后其他细节都没了印象。

前面提到的东南屋的叔叔，是三四年前已逾古稀之岁寿终正寝的木匠。信吾崇尚他那带有古风的匠人精神，因此还曾让他帮忙做活。但是，他们的关系还没亲近到他去世三年依然能梦到的那种程度。

梦中的荞麦面，好像是出现在工作现场里面的餐室。信吾站在工作现场和餐室里的老人说话，他好像没有进到餐室，但是为什么会梦见端出荞麦面的梦呢？

东南屋的叔叔有六个孩子，全都是女儿。

具体是六个女儿中的哪一个，傍晚信吾已经记不清了，但睡梦中他肯定触碰过其中一个。

他确实记得触碰过，但完全想不起来到底是谁，甚至连追忆的线索一个也记不起来了。

梦醒时，对方是谁他似乎记得很清楚。睡了一觉到今天早上，应该还知道对方是谁。但是到了傍晚，完全想不起来了。

信吾觉得梦见他家女儿是在梦到东南屋的叔叔之后，所以她可能是大叔的女儿之一，但是没有一点真实感。因为，大叔女儿们的长相，信吾就想不起来。

肯定是两个持续的梦，但和荞麦面哪个前哪个后就不知道了。自己醒来时，荞麦面的状态在脑海里最为清晰，如今还都记得。可是，触碰他家女儿的惊诧打破了梦境。这难道是梦的普遍规律？

他醒来这事，原本就没有外在的刺激。

他什么也不记得了。就连对方的样子都消失无踪，想不起来。信吾目前所能记住的只剩下模糊的感觉。他身体不佳，没有头绪，反应迟钝。

在现实中，信吾并没有和这样的女子发生过关系。她是谁并不清楚，但总之是个姑娘，所以在现实中应该是不可能的吧。

信吾六十二岁了，还会做这种淫邪的梦还真少见。可能也说不上淫邪吧，只是没什么意思，信吾睡醒之后觉得很是奇怪。

这场梦之后，信吾直接入睡了，不久又进入梦乡：

肥胖的大兵相田拎着一升装的酒壶来到了信吾家。大概是喝多了吧，只见他毛孔张开，满脸通红，看起来醉醺醺的样子。

这个梦，信吾只记得这些。梦中信吾的家是现在这个家还是以前的老家，都记不清楚了。

十年前，相田在信吾公司担任要职。去年底，因脑溢血去世了。近年来，他就一步步变得消瘦。

"后来就做了一个梦，梦到相田拎着一升装的酒壶来到咱家。"信吾告诉保子。

"相田吗？要说相田的话，他不是不喝酒吗？真奇怪呀。"

"是的。相田患有哮喘，他因脑溢血倒下的时候，就是因为痰堵在了喉咙才死的，他是不喝酒的，走路常常拎着药瓶子。"

但是，信吾梦中的相田，俨然是一个豪饮的样子，迈着大步走来。这种形象，清晰地浮现在信吾的脑海。

"所以，你就和相田喝上了？"

"我才没喝呢。他朝我坐着的地方走来时，他还没坐下，我就醒了。"

"真倒霉，我竟梦到两个死人。"

"他们是来接我的吧。"信吾说。

已经这把年纪，很多亲人都死了。梦里出现死人，大概也是十分自然的事。

但是，东南屋的叔叔和相田都不是作为死人，而是作为活人出现在了信吾的梦中。

今天早上梦里的东南屋的叔叔和相田的脸庞与样子还记忆犹新，甚至比平常的记忆还要清晰。相田因醉酒而变红的脸现实中并不存在，但在梦中，他脸上的毛孔都张开了。

东南屋的叔叔和相田的样子记得如此清晰，但在同一个梦中触碰过的姑娘，却连影子也记不起来，甚至都不知道她是谁。这是什么原因呢？

信吾怀疑是不是因为内疚才忘得干干净净，其实并不是。如果真到了道德反省的地步就不会醒来，而是继续入睡。他只记得产生过感受上的失望。

然而，为什么会做那种令人感受上失望的梦呢？信吾并没有觉得有奇怪之处。

此事，他也没告诉保子。

信吾听到了厨房里菊子和房子准备晚饭的交流声，声音似乎有点太大了。

四

每天晚上，蝉都会从樱花树上飞到家里。

信吾来到庭院，就顺便去樱花树下看看。

蝉四散飞走，发出振翅声。蝉的数量让信吾诧异，蝉的振翅声让他吃惊。他觉得，那声音就像成群的麻雀在怕打翅膀。

他抬头看粗大的樱花树，蝉接二连三地飞走。

漫天的云向东飘动。天气预报说有希望实现二百一十天无灾事，但信吾觉得今晚可能会刮风下雨，引发低温。

菊子来了。

"爸，怎么了？蝉的聒噪让您想到了什么吗？"

"这种聒噪，真像是发生了什么事故。水鸟的振翅声让我吃惊，蝉的振翅声也让我吃惊。"

菊子手指上捏着穿着红线的针。

"相比振翅声，令人惴惴的鸣声更加可怕吧。"

"我倒没怎么注意鸣声。"

信吾瞧了一眼菊子的房间。她正在给孩子缝红色和服，用的是保子以前的衬衫布料。

"里子是把蝉当成玩具了吧？"信吾问。

菊子点了点头。他嘴唇微张，像是"嗯"了一声。

生长在东京的里子很少见蝉。可能是天性使然吧，她刚开始很怕，房子就用剪刀将蝉翼剪掉给她。之后，只要里子抓到蝉，就让保子或菊子帮她剪掉蝉翼。

保子十分讨厌这么干。

保子说，房子以前没干过这事，是她丈夫让她变坏的。

看到红蚁群搬动没了翅膀的蝉，保子的脸真的变苍白了。

保子平时不会如此，因此信吾有些好奇，也有些吃惊。

不过，保子这么生气，大概是被某种不祥的预感所裹挟吧。信吾知道，问题不在蝉身上。

里子一声不吭，比较执拗，因此大人让着她把蝉翼剪掉了，她还是会纠缠。她会佯装悄悄地把刚刚剪掉翅膀的蝉藏起来，然后一副冷冷的眼神，将蝉扔到庭院里。她知道大人正在看着她。

房子好像每天都向保子抱怨。她还没说何时再回去，由此看来大概还有什么重要的事没有说吧。

保子进了被窝，就把当日女儿的怨言告诉了信吾。信吾只听了个大概，他觉得房子还有什么没说。

虽然说父母主动和女儿交流比较好，但女儿已经出嫁并且三十来岁了，父母也未必那么容易理解女儿。她带着两个孩子也不容易，只能听之任之，就这样一天天拖着。

"爸爸对菊子很和蔼，真好呀。"房子说。

吃晚饭的时候，修一和菊子也在。

"是呀。我对菊子也不错呢。"保子说。

房子那么说其实并不打算让别人接话茬，可保子却接了。她虽然带着笑容，但却像是在制止房子。

"这孩子对我们都十分不错呢。"

菊子率真地红了脸。

保子说得应该很坦率。不过，听起来好像是在说给自己的女儿听。

保子的话让人觉得她喜欢看起来幸福的儿媳，讨厌看起来不幸的女儿，甚至让人怀疑话里面带着残酷的恶意。

信吾将其理解为保子的自我厌弃，他内心也存在类似的东西。不过让他稍感意外的是，作为一个女人，一个上了年纪的母亲，为什么会向可怜的女儿说出这样的话语。

"我不赞同。她偏就对丈夫不够温和。"修一说着，并不像是开玩笑。

信吾对菊子很和蔼，不用说修一和保子，就是菊子自己也十分清楚，只是谁都没有说出来罢了。如今被房子一说，信吾忽然陷入了孤寂。

对信吾来说，菊子就像是沉郁家庭中的窗户。骨肉至亲不仅不能让信吾随心所愿，而且他们自己过得也不尽如人意。如此一来，骨肉至亲的苦闷进一步压在他身上。看到年轻的儿媳，他才感到自在轻松些。

对菊子的和蔼，也能成为信吾昏暗孤独中的一点亮光。如此容恕自己后，他对菊子的和蔼，便给自己带来了一丝甘甜。

菊子对信吾这般年纪的深层心理没有多疑，也没有对他戒惧。

房子的话，让信吾感到像是戳穿了他的秘密。

三四天前的晚饭时分。

樱花树下的信吾，想起了里子的蝉，同时也想起了房子当时说的话。

"房子在午睡吗？"

"是的，她正在哄国子睡。"菊子边看着信吾的脸边说。

"里子真有趣。房子哄小妹妹睡，里子也贴过去，依着母亲的背睡着了。那一刻，她可真乖呀。"

"确实挺可爱的。"

"你妈不喜欢这孩子，等她十四五岁的时候，说不定和她外婆一样会打呼噜呢。"

菊子被这话惊讶到了。

菊子回到缝衣服的房间，信吾本要到另一个房间，可当他迈步走开时，菊子便叫住了他："爸，您是去跳舞了吧？"

"什么？"信吾回头问。

"你知道了呀？真让人意外。"

就在前天夜里，公司的女事务员和信吾去了舞厅。

今天是周日，肯定是昨天谷崎英子告诉修一，修一又告诉了菊子。

这几年，信吾并没有去过舞厅。英子被他邀请时，着实吃了一惊。她告诉信吾，和他出去让公司的人在背后嚼舌根就不好了，而信吾说只要守口如瓶就好。但是第二天，她就告诉了修一。

修一早就从英子那听说了，但昨天和今天他在信吾面前依然装作不知情。看来，他也很快就说给了妻子。

修一经常和英子去跳舞，信吾也想去跳。他觉得有可能修一的外遇就在那家舞厅里。

去了舞厅后，他既没有找到那女子，也没有向英子打听。

英子出乎意料地和信吾出来，她兴致勃勃，有些得意。但在信吾看来这有些可怕，觉得她太可怜了。

英子二十二岁，乳房却只有一掌可握的样子。这让信吾忽然想起铃木春信的春宫图来。

然而看到周围的凌乱景象，竟然联想到春信，真是有种戏剧般的诙谐感。

"下次和菊子你一起去吧。"信吾说。

"真的吗？那您就带上我吧。"

从把信吾叫住那刻起，菊子就面带羞怯了。

莫不是菊子觉察到信吾认为修一的外遇就在那里才让她

去的？

菊子知道他去跳舞倒没关系，但修一的外遇会在那里，这个小心思却被菊子洞穿，信吾多少有点心慌。

信吾绕过玄关走上去，来到修一身旁，站着说："喂，你问过谷崎了？"

"因为那是自家的新闻嘛。"

"什么新闻！你带人家去跳舞，也该给人家买一件夏装呀。"

"嗯？爸，您也觉得不好意思啦？"

"我总觉得她的衬衫和裙子好像不搭配。"

"她有不少衣服呢。您突然带她出去，所以才觉得不搭配。如果提前约，她可能就会穿着得体了。"修一说着转过头去。

信吾穿过房子和两个孩子睡觉的地方，然后走进餐室，看了下时钟。

"五点啦。"他像是确认好时间，便自言自语了一句。

云　焰

一

报纸说二百一十天不会有灾情，但就在第二百一十天的前夜，台风袭来。

信吾原本就看过这则报道，只不过忘记是哪一天，甚至觉得这都称不上是天气预报。因为灾情临近，还会有预报和警报。

"今天早点回去吧。"信吾邀修一一起回家。

女事务员英子帮助信吾做好回家准备，自己也快速准备起来。她穿上白色透明的雨衣，胸显得更平了。

自从带着英子跳舞并发现她乳房小以后，信吾反而更加关注她那里。

英子跟在后面像奔跑一样下了楼梯，在公司门口和信吾他们并排而立。大概是因为雨很大吧，她的脸部都没重新上妆。

"你回哪里呀？"信吾想问，却欲言又止。他可能都问过二十遍了，可还是没记住。

镰仓站下车的人也站在屋檐下，望着眼前的雨。

他们来到门口种植向日葵的一户人家旁，就听到雨声中夹杂着《巴黎节》的主题歌。

"她可真惬意呀。"修一说。

两人明白，菊子正在播放着丽丝·戈蒂的唱片。

一曲播罢，又从头播放。

歌声之中，带着拉木板套窗的声音。

接下来，两人还听到菊子一边关闭木板套窗，一边伴着唱片唱歌的声音。

雨声夹杂歌声，因此菊子并没有注意他们从门口进到了玄关。

"雨真大，鞋子里都让水泡了。"修一边说边在玄关把鞋脱下。

信吾则湿着身子径直走了上去。

"啊，回来了呀。"菊子走了过来，她脸上洋溢着笑容。

修一一只手捏着袜子递给她。

"哎呀，爸也淋湿啦。"菊子说。

唱片放完了。菊子又把唱针放回到开始的地方，然后抱起两人的湿衣服。

修边系腰带边说："菊子，我在附近都能听见，你可真享受呀。"

"因为害怕呀，所以才放出声来。我担心你们两个，都有些坐立不安。"

然而实际上，菊子方才的欢闹就像暴风雨附体一般。

她去厨房给信吾倒茶，嘴里还小声哼唱着。

这册法国大众歌集，是修一喜欢才买回来的。

修一会法语，不过菊子不会。修一教她发音，她跟着唱片反复练习，因此唱得还可以。比如，据说《巴黎节》里的丽丝·戈蒂就是经历过生死苦难才活下来的。菊子的歌中没有那种味道，但是不太熟练的歌唱也能让她乐在其中。

菊子出嫁的时候，女校同学们送给她一套世界摇篮曲唱片。新婚那阵，她经常播放。没人时，她就会伴着唱片轻声歌唱。

信吾被这种甜美的心境给吸引了。

这就是女性的祝福，信吾颇为感动。菊子一边听摇篮曲，一边沉浸在对少女时代的回忆里。

信吾曾经对菊子说："我的葬礼上，只要放这首摇篮曲就好了。不用念经，不用致悼词。"这句话虽然说得不那么郑重其事，但却能瞬间催人泪下。

不过菊子还没生孩子，看起来摇篮曲她听腻了，最近都不听了。

《巴黎节》的歌接近尾声，低沉声忽然消逝。

"停电了。"保子在餐室中说。

"停电了。今天也来不了了。"菊子把电唱机关掉说，"妈，早点吃饭吧。"

晚饭期间，微弱的烛火被贼风吹灭了三四次。

暴风雨声的深处似乎能听见海的吼声，而海的吼声要比暴风雨声更加使人感到恐惧逼近过来。

二

枕边那吹灭了的蜡烛的臭味，在信吾的鼻子里回荡。

房子有点晃动，这时保子在床上寻找火柴。她像是要确认一下，又像是想让信吾听见，于是晃动火柴盒发出声响。

接着，她去找信吾的手。不是握，而是轻轻触碰。

"你没事吧？"

"没事。就算外面的东西被吹走了，也不能出去。"

"房子家没事吧？"

"你是说房子家吗？"信吾都忘了，他说，"啊，应该没事的。暴风骤雨的夜晚，我们不也睡得挺好吗？"

"你能睡着吗？"保子打断信吾的话，然后沉默起来。

他们听到修一和菊子的说话声，菊子正在撒娇。

过了一阵之后，保子又说："她有两个小孩，可不同于咱家。"

"而且她婆婆腿脚不好，神经痛不知道怎么样了呢。"

"是呀是呀，她出走后，相原就得背他妈了。"

"脚不能站吗？"

"听说能动弹。不过，这暴风雨……她们家可真愁人呀。"

六十三岁的保子那句"愁人"，让信吾觉得有些可笑，于是便说："到处都是愁人的事呀。"

"报纸上说女人的一生会梳各种各样的发型，说得真好呀。"

"上面都登什么了？"

保子说，这是一位男性美人画家悼念一位女性美人画家的悼词首句。

不过，报纸原文却与保子所说相反，那位女画家一生并没有梳各种各样的发型。她从二十多岁起到七十五岁去世，大概五十年里一直留着全发①。

保子虽然佩服一生都梳着全发的人，但她却避开这一点，只对"女人的一生会梳各种各样的发型"有所感触。

保子习惯每过几天就将每天看过的报纸整理起来，然后挑着读。所以，也不知道她在说哪天的报道。此外，她还常听晚上九点的新闻解说，所以动辄就说出一些令人意外的话来。

"那你是说房子今后也会梳各种各样的发型？"信吾问。

"对呀，女人嘛。不过，她应该不会像梳着日式发型的我们那样梳完后变化很明显。她要是有房子那么漂亮，换一换发型倒是令人期待呢。"

"看吧，房子回咱这儿，是受了多大的委屈呀。我想她应该是带着绝望回来的。"

"那不正是因为你把情绪传染给了我吗？因为你只关心

① 全发：日本江户时代日本男子则把前额至头顶的头发剃成半月形，然后绾发髻。当然这只限于普通人。江户时代从事特殊职业，有特殊身份的人，如学者、医师、浪人等可做全发发型。

菊子。"

"哪有这事，净瞎说。"

"本来就是嘛。你以前不就讨厌房子偏爱修一吗？你就是这样的人。如今修一在外面有外遇，你什么都不说，只是老是莫名地同情菊子，这样反而对她更加残忍。菊子那孩子觉得可能会让父亲尴尬，所以才没有忌妒。愁人哪！要是忧愁都被台风吹走了该多好。"

信吾愕然。

不过，对于保子越发起劲的言语，他问了一句："你是说台风吧？"

"是说台风。房子都到了这个年纪，到如今这时代，还要让父母告知自己去离婚，是不是太过卑怯了？"

"未必吧。她是为离婚的事来的吗？"

"先不说别的，房子带着外孙女，你那忧郁的脸就让我看到她对你来说就像负担。"

"你的脸上才是这副露骨的表情呢。"

"那是因为你关心的菊子存在。先不说菊子，说实话，要说讨厌我也有点。菊子有时说话做事会让人放松舒心，但房子却让人纠结……结婚之前她还不这样。分明是自己的女儿和外孙女，做父母的怎么能这么想呢？真可怕呀，都是让你传染的。"

"你比房子更卑怯。"

"刚才开玩笑啦。我说受你传染，然后不由得咋舌，因为在暗处，你应该没看到吧？"

"你可真能扯，我都不知道你说了些什么。"

"房子挺可怜的。你也觉得吧？"

"那就接过来吧。"信吾好像忽然想起了什么，他说，"之前房子带来的包袱呢？"

"包袱？"

"嗯，是包袱。那包袱我很眼熟，却想不起来了，那是咱家的吧？"

"是棉布做的大包袱吧？那不是房子结婚时包裹梳妆台上的镜子用的吗？因为那镜子挺大的。"

"啊，是吗？"

"看到那包袱我都生厌。那东西干吗要拎着过来，就算是装到新婚旅行时用的衣箱带来都好嘛。"

"衣箱太重啦，还得带两个孩子，也顾不得碍眼不碍眼了。"

"不过，毕竟菊子在家呀。那包袱还是我出嫁时带来的，里面还包着东西呢。"

"大概是吧。"

"好像比这更早。包袱是姐姐的遗物。姐姐去世后，那包袱包着花盆被送回娘家。那是一个大红叶盆栽。"

"是吗？"信吾静静地回了一声，满脑子都闪现出漂亮的大红叶盆栽的样子。

住在乡镇上的保子父亲喜好盆栽，对红叶盆栽尤为精懂。他曾让保子的姐姐帮他摆弄这些玩意儿。

暴风雨声中，躺在被窝的信吾回想起了岳父站在盆栽架间的情形。

这可能是父亲让出嫁的女儿带去的盆栽吧，或许是女儿想带也未可知。然而，女儿去世后，不知是因为娘家父亲视若珍宝，还是婆家无人去养，盆栽便被送了回来。当然，也有可能是她父亲想要回来。

如今信吾满脑子里出现的红叶，就是放在保子家佛堂的盆栽。

这么说来，保子的姐姐是秋天去世的，信吾心里想着。信浓的秋天来得好早。

可不管咋说，儿媳一死就马上把盆栽送了回来。红叶放在佛堂，总觉得不合时宜。难道这是追忆往事时因怀乡而产生的空想？信吾不太确定。

保子姐姐的忌日，信吾早已忘却。

但他也不打算问保子。

"我没帮父亲养过盆栽，这可能是我的性格使然吧，但我觉得父亲总是偏爱姐姐。我不仅仅因为不服姐姐而心怀偏见，而是觉得自己不能像姐姐那样能干而十分羞愧。"保子曾经这么说过。

每当说起信吾对修一的偏爱，保子就会说出这样的话来。

"我的经历也有点像房子呀。"保子有时会这样说。

那包袱竟能让保子想起姐姐，信吾有些惊讶。聊起保子的姐姐，信吾就陷入沉默。

"睡吧，上了年纪就难入眠了。"保子说。

"这暴风雨让菊子有了开心的欢笑……她反复播放唱片，我觉得那孩子真可怜。"

"这和你刚才说的话前后矛盾呀。"

"你不一样吗？"

"这话是我说才对。偶尔早睡一次，还被你重重地数落一通。"

盆栽的红叶，还在信吾脑海回荡。

少年时代就暗恋过保子的姐姐，但是和保子结婚三十多年后，依旧将其作为伤心往事留了下来？信吾那满是红叶的脑子想着这个问题。

比保子晚睡一个小时的信吾，被巨响吵醒了。

"什么声音？"

菊子摸黑走来的脚步声，从廊下传来。

"您醒了？有人说神社里安放神舆的小屋顶的白铁皮被吹到了咱家屋顶上了。"菊子告诉信吾说。

三

放神舆的小屋顶的白铁皮全都被吹跑了。

信吾家的屋顶和庭院落了七八片，神社管理员一早就来捡拾了。

第二天横须贺线也通车了，信吾便去了公司。

"怎么样？没睡着吧？"信吾问给他倒茶的女事务员。

"是的，睡不着。"

英子讲了两三个有关她透过通勤电车车窗看到台风过境的情景。

信吾抽了两三根烟后问："今天没法去跳舞了吧？"

英子仰起脸，微微一笑。

"上次跳舞，到了第二天早上就腰疼，看来真是上了年纪啦。"信吾告诉她说。

英子从下眼睑到鼻子，都呈现出调皮的笑来，她说："那还不是因为您身子一直往后缩嘛。"

"往后缩？哦，可能是弓着腰吧。"

"您可能觉得不好意思碰我，跳舞时就下意识地往后缩了。"

"是吗？那挺意外的，应该不会吧。"

"但是……"

"可能是为了让动作更好看吧，我自己都没注意。"

"真的吗？"

"你们习惯于搂着跳，可这样跳起来不雅吧。"

"哎呀，哪有那么严重。"

上次跳舞的时候，信吾觉得英子情绪饱满，节奏甚至都有些跑偏。不过，她挺单纯的。其实也没什么，可能是自己太过拘谨了吧。

"那么，下次要是搂着你跳，你去吗？"

英子低下头，偷偷笑着说："可以。不过，今天可不行。就这打扮，太不搭了。"

"我也没说今天呀。"

信吾看到英子身着白衬衫，系着白色发带。

她穿白衬衫倒不稀罕，但系上了白色发带后，却让衬衫显得更白了。她用稍宽的发带把头发收成一束并扎在脑后，就像是为了防止台风。

如此打扮，耳朵和耳朵后面发际都露了出来，平日里头发遮住的白色肌肤上，都是漂亮的细发。

下身是一袭深蓝色的毛织薄裙，裙子并不时髦。

这番装束，乳房小就不会成为焦点。

"从那以后，修一再没邀请过你？"

"是的。"

"对不起呀。和当爹的跳舞，然后被年轻的儿子敬而远之，可怜你啦。"

"嗨，没事啦。我可以邀请他嘛。"

"你的意思是不用我担心？"

"您要再笑话我，我就不陪您跳舞了。"

"没有啦。不过，修一被你发现后，就羞愧难当喽。"

英子有点触动。

"你认识修一的那个外遇吧？"

英子不知如何说。

"是个舞女？"

英子没有回答。

"年纪比较大吗？"

"您是问年纪？她比您儿媳要大。"

"漂亮吗？"

"嗯，挺漂亮的。"英子的回答有些含糊。

"不过，她的声音很沙哑。与其说沙哑，不如说好像是声带破了，嗓子发出来的似乎是二重声。修一说这声音很是浪漫呢。"

"什么？"

英子刚要细说，信吾就想塞住耳朵。

信吾感到耻辱，也厌恶修一的外遇和英子毫不遮掩的本性。

竟然说什么女人声音沙哑是种浪漫，信吾都感到诧异。不过修一毕竟是修一，英子终归是英子。

英子察觉到了信吾的表情，便不再说话。

那天，修一和信吾一起早早回家，锁上门后，一家四口出去看电影《劝进帐》了。

修一脱下衬衫要换时，信吾发现他的乳头和臂膀处留有红晕。他想，这莫非是暴风雨夜菊子的杰作。

《劝进帐》里的演员幸四郎、羽左卫门和菊五郎三人都已作古。

这种感受，信吾与菊子和修一并不相同。

"我们看了几次幸次郎演的辨庆？"保子问信吾。

"我忘了。"

"就你忘得快。"

街上满是月光，信吾望着天空。

信吾忽然觉得月亮在火焰之中。

月亮周围的云，让人想起那像是不动明王背后的火焰，又像是狐玉的火焰，还像是这类图画上所描绘的火焰，真是十分珍奇。信吾忽然一下感受到了秋意。

月亮处于稍微偏东的位置，基本上是圆的。月亮陷入云焰之中，周围的云也变得模糊了。

除了吞没月亮的白色云焰之外，附近再没其他云朵。暴风雨之后的夜色，整晚都是漆黑一片。

街上的门店已经关门，一夜归于萧瑟。看完电影回家的人们，他们的前方寂静无声，毫无人迹。

"昨晚没睡好，今天早点睡吧。"信吾说着，觉得肌肤有些饥渴，便渴望起来自他人的肌肤之亲。

他似乎觉得决定人生的时刻到来了。形势使然，他得行动。

栗 子

一

"银杏树又发芽了。"

"菊子,你今天才注意到吗?"信吾问。他说"我前几天就看见了。"

"因为您总是面朝银杏树方向坐着嘛。"

坐在信吾旁边的菊子,回过头环视银杏树。

不知何时起,在餐室吃饭时一家四口的位置就固定了下来。

信吾朝东坐。他的左边是保子,朝南坐。右边是修一,面向北。菊子面朝西,坐在信吾对面。

东、南两面有庭院,因此可以说信吾夫妇占了好位置。此外,两位女性的位置,在吃饭时上菜、打个下手都比较方便。

即便不是饭时,四人围坐在餐室矮脚桌的位置也自然而然地固定了下来,并形成了习惯。

因此,菊子落座时总是背对着银杏树。

即便如此,菊子也不该没注意到这么大一棵树在非正常时节发出新芽呀。信吾心想,难道她的内心有一片空白存在?

"打开木板套窗或清扫廊下的时候，不就能看得到吗？"信吾说。

"说得也对，可是……"

"对嘛。首先，从外面回家时不就是面对着银杏树走来吗？就算不喜欢，你也能看见吧。菊子，你常常低头走路，是不是边走边心不在焉地想着事呢？"

"这，可问住我了。"菊子耸了耸肩。

"看来今后只要爸爸您看到的东西，不管什么我都得留意呀。"

这话让信吾听起来略觉伤感。

"不是这个意思啦。"

自己看到的东西无论如何都想让对方看到，这样的恋人信吾一生都没有遇到。

菊子还在望着银杏树。

"山上也有树在发芽呀。"

"是呀。那棵树被暴风雨把树叶吹跑了。"

信吾家的后山挨着神社，小山的一端在神社内。银杏树长在神社里面，但从信吾家的餐室望去，像是山上的树。

一夜台风，将那棵银杏树刮了个光秃。

被大风刮走了树叶的，是银杏和樱花树。在信吾家周围，银杏树和樱花树算是大树了，所以可能是风太大，也可能是树叶弱不禁风吧。

樱花树原本还剩点残叶，后来也落了，就变成了秃树。

后山的竹叶枯了，大概是离海近，风中含着海潮吧。不过，也有的竹子被吹断，飞落到了庭院。

大银杏树又添了新芽。

从大路拐入小巷后，信吾就会面朝这棵银杏树走回家，因此他每天都能看到。当然，从餐室也能看到它。

"银杏树有些方面还是比樱花树要坚强呀。那么长寿的树有什么不同呢，我就边看边思索。"信吾说。

"那样的老树，到了秋天还要再长出一次新叶来，这得需要多么大的气力呀。"

"可是，那样的叶子岂不寂寞？"

"是呀。我边想边看，不知它能否长得和春天的叶子一样大。我觉得肯定不会长那么大吧。"

秋天长出的叶子不仅小，而且稀疏，并不能多得盖住树枝。叶子似乎还很单薄，颜色也不够绿，呈淡黄色。

一般认为秋天的朝阳依然会照在光秃秃的银杏树上。

神社后山的常绿树很多，常绿树的叶子好像很抗风雨，丝毫未受伤害。

有的常绿树茂密的树梢上，长出了嫩绿的新叶。

菊子看到了这些新叶。

保子可能是从厨房门出来的吧，这边都能听到自来水的声音。由于水声的影响，她说什么，信吾并没听到。

"你说什么？"信吾大声问。

"妈说胡枝子开得很漂亮呢。"菊子补充说。

"是吗？"

"妈说狗尾巴草也开花了。"菊子又补充了一句。

"是吗？"

保子还在说着什么。

"别说了，我听不见。"信吾有些生气。

菊子低下头笑起来，说："我来当你们的口头传话筒吧。"

"口头传话筒？其实都是你妈一个人在自说自话。"

"妈说她昨晚梦到农村老家的房子破烂不堪了。"

"哦。"

"爸，您怎么回答？"

"我只能回一个'哦'字。"

自来水声停止了。保子喊菊子："菊子，把花插得漂亮些。这花都很美，所以我摘了带回来，辛苦你了。"

"好的。让爸爸先瞧一眼。"

菊子把胡枝子和狗尾巴草抱了过来。

保子洗了手，然后清洗完信乐花瓶，将其带了过来。

"邻家的雁来红颜色也不错嘛。"保子说完就坐下了。

"种向日葵的那家也种着雁来红呢。"信吾说着，便想起了那优美的向日葵花被暴风雨吹落的样子。

向日葵连同茎部有五六尺高，被暴风吹断后倒在路边上。花落在地上已经好些天，就像人头落地一般。

周围的花瓣最早枯萎，粗茎也失去了水分变了颜色，茎上满是泥土。

信吾上下班都会从上面跨过，但不忍直视。

花头掉落之后，向日葵的下部分茎秆还矗立在门口，但已经没了叶子。

它旁边的五六棵雁来红连成一排，颜色很是鲜艳。

"不过，附近都没有人种邻居家的那种雁来红呀。"保子说。

二

保子说她梦见农村老家的房子破烂不堪，说的是她的娘家。

保子的父母去世以后，那房子已经多年没人居住了。

父亲好像是为了让保子承续家业，所以才将她姐姐嫁了出去。作为疼爱姐姐的父亲，这违背他的本意，但大概是这位美貌的姐姐恳求父亲，怜悯保子吧。

因此在姐姐死后，保子到姐姐的婆家去干活，并且有意做姐夫的继室。看到这，父亲可能对保子已经绝望。保子有这种想法，可能也有父母和家庭的责任，父亲对此也可能很悔恨。

保子和信吾结婚，父亲好像很高兴。

这么做，看来父亲是打算在没人继承香火的情况下度过残生了。

现在的信吾，要比保子出嫁时她父亲的年龄还要大。

保子的母亲先去世，父亲去世后他们才发现田地都卖出去了，只剩下山林和房子，也没有古董之类的东西。

这些虽然名义上都归保子，可后来全都托付给了老家的亲戚。可能是伐了山上的树木来抵税吧，常年来保子并没有为老家支付过钱，同时也没有从老家得到过什么。

有段时间，有人因为战争而被疏散到这里来。那时有人想买，但信吾担心保子不舍。

信吾和保子就是在那座房子结的婚。把留下的这个女儿嫁出去了，作为补偿，保子的父亲希望他们在自己家举办婚礼。

信吾记得，婚宴举杯的时候有颗栗子掉落。

栗子落在巨大的点景石上。可能是由于斜面角度的原因，栗子飞出去很远，落入了溪流中。栗子落在点景石上之后又飞出的样子有种意想不到的美，以至信吾差点"啊"地喊出声来。他环视了一下在座的人。

好像没有人注意到有一颗栗子落了下来。

第二天早上，信吾下到溪边寻找，在水滨发现了栗子。

那里落了好几个，但未必包含婚礼上落下的那颗。信吾捡起栗子，打算告诉保子。

但是，这么做岂不太天真。保子或者其他人听了，会相信这就是那颗吗？

于是信吾把栗子扔到了河边的草丛中。

与其担心保子不信，莫如说信吾更害怕保子的姐夫笑话自己。

如果没看到姐夫，昨天婚礼上信吾可能就会把栗子掉下来的事公布于众。

因为姐夫在婚礼上，信吾感受到了一种屈辱似的压迫。

保子姐姐结婚后，依然暗恋她的信吾觉得有愧于姐夫。姐姐死后，他与保子结婚，这种愧疚仍未平静。

更何况保子处境更加屈辱。姐夫装作不知保子的心思，一直将她看作知性的女佣。

作为亲戚，邀请姐夫参加保子的婚礼理所当然，但信吾有些羞愧，没敢看姐夫。

实际上，姐夫即便在这样的宴席上，也还是一位光彩照人的美男子。

信吾感到姐夫坐着的地方似乎闪着亮光。

在保子看来，姐夫姐姐就像是理想国里的人，她和信吾结婚，就注定比不了姐夫他们了。

信吾觉得，姐夫似乎是从高处冰冷地俯视着自己和保子的婚礼。

栗子落下这一件小事信吾犹豫未说。这种黯然，后来一直留在了信吾夫妇内心的某个角落。

房子出生时信吾就悄悄期待她长得能像保子的姐姐一样美。他没有把这事告诉妻子。然而，房子却比母亲还难看。

按信吾所说，姐姐的基因并没有通过妹妹遗传下来。信吾对妻子有些暗自失望。

保子梦见老家后的三四天，老家的亲戚就发电报说让房子带着孩子回去。

电报是菊子接的，然后转给保子，之后保子就等待着信吾从公司回家来。

"之所以梦到老家，大概是一种预兆吧。"保子说完，看着读电报的信吾，倒是十分冷静。

"啊？她回老家了吗？"

这样的话，她就不会有想死的念头了，信吾首先想到这一点。

"那么，她为什么不回咱家呢？"

"回到这儿的话，她是不是担心相原马上就知道了呢？"

"那么，相原会来这儿寻衅？"

"不。"

"看来两人已经闹僵了，要不房子怎么会带着孩子出来……"

"不过，可能会像上次一样，房子回娘家是事先告知过他才出来的。就说相原吧，我看他可能不好意思来咱这儿。"

"总而言之，不是好事呀。"

"她竟想起去老家，太让人意外了。"

"来咱家不是更好吗？"

"还说什么更好，你对她说话是相当冷淡。回不了自己家的房子是多么可怜，我们应该清楚。父母和孩子的关系到了这般田地，我感到真伤心。"

信吾皱起眉头，下颌翘出，他边解领带边问："等一下，我的和服在哪儿？"

菊子拿来要换的衣服，然后抱着信吾换下的西服，没吭声就走了。

在这期间，保子一直低着头。菊子走后，保子才望着菊子方才关上的拉门嘟囔着说："我看菊子，未必不会离家出走。"

"这么说，父母是要为孩子的小日子负责到底了？"

"你不懂女人的心思……女人伤心的时候和男人不一样。"

"不过，说女人都懂所有女人的心思，这也未必吧。"

"就说今天修一没回家，你为什么不和他一起回来？让菊子给你换西服，这样……"

信吾没有应声。

"房子的事，你难道不想和修一商量一下？"保子问。

"让修一去老家一趟吧，我看必须把房子接回来。"

"让修一去，房子兴许不高兴呢。修一就看不起房子。"

"如今说这些都没用，周六就让修一去接吧。"

"就算去老家，那也丢人呀。我们就像和老家断了往来似的，经久未回去过。房子在那儿都没有人依靠，她怎么能去那儿呢。"

"她在老家，在哪儿住着呢？"

"可能是住在那个空房吧。她应该不会去给婶婶添麻烦吧。"

保子的婶婶应该已经年逾八旬了。作为户主的堂弟和保子几乎没什么往来。信吾都想不起对方家有几口人了。

房子怎么会跑到保子梦中那破败又荒芜的老家呢？信吾觉得有些可怕。

三

周六早上，修一和信吾一同出门，顺道去了公司。此时，距列车返回的时间还早。

修一到父亲的办公室告诉女事务员英子说："我把伞先放到这儿。"

英子脑袋微倾，眯着眼问："是要出差吗？"

"是的。"

修一放下拉箱，坐在了信吾前面的椅子上。

英子的眼睛似乎一直在看着修一。

"据说天气要转寒，得多注意身体呀。"

"嗯，好的。"修一看着英子，他告诉信吾说，"今天我本来约了英子去跳舞。"

"是吗？"

"这下让我爸爸把你带过去吧。"

英子脸红了。

信吾此时便不愿再说什么。

修一出去的时候，英子拖着拉箱，打算送一送他。

"不用了，这样不好。"

修一夺过拉箱，从门口离开了。

留下形单影只的英子，她在门前做了一个不显眼的小动作，便悻悻地回到自己的座位上。

信吾无意了解她是羞怯，还是有意为之，但这个幼稚的女孩，反而让信吾感到愉快。

"好不容易约好，真伤心。"

"近来他也曾失约。"

"我来替代他吧。"

"什么？"

"有什么不合适吗？"

"哎呀！"

英子仰起脸睁大眼睛，一副诧异的样子。

"没有啦。"

此前，信吾只是从英子那儿听说修一外面的女人声音沙哑是种浪漫。除此之外，他并未深究。

连信吾办公室的英子都见过那女人，修一的家人却不认识她，这难道是世间的常理？信吾实难理解。

特别是看到英子在眼前，就更难想通了。

英子乍一看好像是个轻佻的女子，但即便如此，她就像人世间沉重的帷帐一样站在信吾面前。至于她在想什么，就不知道了。

"那么，你被带过去跳舞时见过那个女人吗？"信吾愉快地问她。

"见过。"

"经常见到？"

"也不常见。"

"修一给你介绍过？"

"也说不上是介绍。"

"我实在不解，他去见那女的却把你带上，是想让人尴尬吗？"

"我这样也碍不着他们什么。"说完，英子缩了一下脖子。

信吾看出英子对修一似有好感，也有些嫉妒，因此就说：
"设点障碍也无妨嘛。"

"哎哟。"

英子低下头笑了。

"对方可是两个人来的。"

"啊？那女的也带了男的过来？"

"是女性朋友，不是男的。"

"是吗，那就好。"

"我想起来了。"英子看着信吾说，"她俩住在一起。"

"两个女人住在一起，房子是租的吗？"

"不是。房子虽小，却也精致。"

"这么说，你去过了？"

"嗯。"

英子有些含糊其词。

信吾又被惊到了，他略显急躁地问："她们的房子在哪里？"

英子脸色骤白，低声说了一句："糟啦。"

信吾没有吭声。

"在本乡的大学附近。"

"是吗？"

英子像是要逃离压迫似的继续说："那房子在一条小巷里，有些幽暗，但家里很是漂亮。另一个女人长得真好看，我都十分喜欢呢。"

"你说另一个女人，不是指修一的外遇吧？"

"不是。另一个女人给人的感觉很好。"

"啊？那么她们是做什么的，两人都是单身吗？"

"这个，我不清楚。"

"这么说，是两个女人生活在一起？"

英子点了点头，然后用略带撒娇的口吻说："我从没见过给人感觉这么好的女子，我都想每天看到她。"英子对这个女人有好感，由此看来她似乎也有救赎自己的意思。

信吾对这一切都深感意外。

信吾心想英子夸赞那位同居的朋友，莫不是间接地挖苦修一的外遇。不过，他实难捉摸英子的真心。

英子望着窗外。

"太阳照进来啦。"

"是呀，稍微开点窗吧。"

"修一把雨伞存放在这里的时候，我还担心天气呢，可是他出差后，天气就变好了，真不错！"

英子以为修一是因为公事出差。

英子扶着推上去的玻璃窗站了一会儿。她提起衣服一侧的下摆，看似有些茫然。

之后低着头折返回来。

服务人员拿着三四封信走了进来。

英子收下信，放在信吾的桌上。

"又是遗体告别仪式？真烦人。这回是鸟山？"信吾自言自语地说。

"时间是今天两点呀。鸟山太太怎么样了……"

英子习惯了信吾如此自说自话，只是瞅了他一眼。

信吾嘴巴微张，有点迷糊地说："今天不能去跳舞了，有个遗体告别仪式。"

"要说那男的，在他太太更年期的时候可是受尽了虐待。太太不让他吃饭，那是真不给吃呀。他只有早上能在家将就吃点出门，其实太太压根儿没给他准备什么吃的。孩子的饭端上来之后，他就躲开太太偷偷吃点。他怕太太，晚上不敢回家。因此每晚或在游荡，或看电影，或去说书场，只有等太太和孩子睡了才回家。孩子们更是助长了母亲的行为，都虐待父亲。"

"这是为什么呢？"

"不为什么，她到更年期就这样了。更年期真可怕！"

英子感到自己似乎受到了嘲弄。

"不过，丈夫是不是也有过错呢？"

"他当时是一个优秀的官员，后来进入民营公司。总之，他的遗体告别仪式应该会借个寺庙来操办，因此相当排场。他当官期间，也没什么不良行径。"

"他养活着整个一家子人吧？"

"当然啦。"

"真不明白。"

"是呀。你不会明白的。五六十岁的堂堂绅士竟然怕老婆不敢回家，夜里还在外面游荡。这样的人多着呢。"

信吾试图回忆鸟山的样子，却怎么也想不起来了。算来算去，他们有十年没见了。

他想，鸟山应该是在自己家离世的吧。

四

信吾觉得在鸟山的告别仪式上可能会遇到大学同学，可是他上完香之后站在寺门的旁边连一个同学也没看见。

仪式上也没有像信吾这么年长的客人。

他可能是来得晚吧。

再看里面，排在正殿门口的人们，其队列开始凌乱地动起来。

家属都在正殿里面。

正如信吾所想的那样，鸟山的太太还健在。那个站在棺前的瘦女人大概就是她吧。

她染过头发，但这次看起来好久没再染了，发根都出现了白色。

可能是照顾长期患病的鸟山导致没时间染发吧，信吾向这位老女人低头行礼时突然想到这里。可是当他转向棺材烧香时，却好像低声嘟囔着说："谁知道怎么回事呢。"

换言之，信吾走上正殿的台阶向家属施礼的时候，就完全忘记了鸟山的太太虐待她丈夫的事情，可是转向逝者施礼时却想起了这茬儿。信吾吃了一惊。

他没有再关注家属席上鸟山的太太，就从正殿出来了。

信吾吃惊的是自己怎么会如此奇怪地健忘，而并非鸟山和他太太的事。他带着些许不悦，又从铺石路返回。

忘却与丧失，从信吾的脖子涌上头来。

知道鸟山和他太太之间的事的人并不多。即便有少数知情者健在，但都忘得差不多了，其余之人只能依靠对鸟山太太的零散回忆。应该没有第三个人再去认真地回顾此事吧。

信吾也参加过有六七个同学在场的聚会，但当提到鸟山的事时，却没有人愿意仔细回想，而只是一笑罢了。其中有一个男的提及此事，也只是有意戏谑和添油加醋而已。

当时的参会者中，已经有两人先于鸟山去世了。

鸟山的太太为什么虐待他，鸟山为什么会被她虐待，恐怕连鸟山本人和他太太都不知道吧。信吾当时这么想。

鸟山就这样糊里糊涂地进了坟墓。对活着的太太来说，那已经成为过去，具体说就是鸟山不在人世已经是过去。她自己大概也会糊里糊涂地死去。

听说在同学聚会上谈论鸟山的那个男人家里有四五张古老的能剧面具，鸟山来他家时他让鸟山看过，看得鸟山一直矗立不动。据那个男人说，鸟山第一次见到能剧面具并不感兴趣，因此可能只是为了消磨老婆睡前他回不了家的这段时光吧。

当时信吾心想鸟山每天晚上都这样游荡，这个年过五十的一家之主是不是在思考什么。

遗体告别仪式上放置的鸟山遗像，可能是他当官的某个新年或节假日拍的，当时他身着礼服，圆脸温和。遗像可能在照相馆修过，看不到暗色。

鸟山那温和的面孔看起来很年轻，和灵前的太太并不匹配。让人觉得太太是被鸟山害苦而变老了。

鸟山的太太体形矮小，因此信吾能低头看到她发根的白色。她微微低垂一侧的肩膀，感觉很是憔悴。

儿子、女儿以及看起来像是他们各自爱人的人，并列在鸟山的太太旁边。信吾没有看清他们。

"你家情况如何？"假如碰到某个老友，信吾就打算这么问，因此他在寺庙门口等候。

如果对方反问同样的话，他就打算回答说："不管咋样到目前还都顺心，不过美中不足的是女儿和儿子的家还没安顿好。"

即便敞开心扉说亮话，彼此也无力帮衬，当然也都不愿多管闲事。只能是边走边聊，走到电车车站道别。

不过就算如此，信吾依旧有所期待。

"要说鸟山，他已然死去，那么他被太太虐待的事不就无人察觉了？"

"鸟山的儿子和女儿家庭和睦，也算是鸟山夫妇的成功吧。"

"如今，对于孩子的婚姻生活，父母该负多少责任呢？"

信吾嘟囔着，他本想向老友了解，但一种莫名的滋味不断涌上他的心头。

寺门的房顶上，一群麻雀不停地鸣叫。

它们一会儿在檐下组成弓形飞上屋顶，一会儿又组成弓形飞走了。

五

从寺里回到公司，已经有两名客人在等待了。

信吾让人从后面的柜子里取出威士忌并倒进红茶。这样喝，可能有助记忆。

他一边接待客人，一边想起昨天早上在家里看到的麻雀。

麻雀在后山脚下的狗尾巴草中啄食着狗尾巴草的穗子。不过，它们到底是啄穗还是吃虫？信吾想着，又发现麻雀群中夹杂着黄道眉。

麻雀和黄道眉夹杂在一起，信吾看得更仔细了。

六七只麻雀从这个穗飞到那个穗，使得每个穗子都晃动不止。

黄道眉有三只，比较温顺，不像麻雀那样慌乱爱折腾。

从黄道眉的翅膀色泽和胸毛颜色来看，应该是今年的鸟。麻雀身上则看起来沾满了尘土。

信吾自然是喜欢黄道眉。正如黄道眉和麻雀的鸣声不同一样，其动作也能展现出彼此的区别来。

不过，麻雀终归是麻雀，它们互相呼应着交互飞翔；而黄道眉终归是黄道眉，它们相互靠拢，有时偶尔分离，不久便又回到族群，毫不喧闹。

信吾被感动到了。当时恰巧是早上洗漱时间。

这大概是因为方才看到庙门的麻雀才想起来的吧。

送走了客人，信吾把门关上，他转头对英子说："你带我去修一的外遇家吧。"

信吾和客人交流时竟还想着这事，英子有些意外。

英子"嗯"了一声，反抗的样子中面带不悦，随后又有些消沉。不过，她还是用生硬的语调冷冷地问："去那儿干什么？"

"不会给你添麻烦的。"

"您去见她吗？"

信吾没想着今天就去见那个女人。

"等修一回来，您和他一起去不好吗？"英子冷静地说。

信吾感到英子是在冷笑。

上了车后，英子沉默不语。

信吾觉得他仅仅是折辱了英子，践踏了她的尊严就已经心情沉重，这下却又要去折辱自己和儿子修一。

信吾并非没有幻想趁修一不在家的时候解决问题。他觉得这只停留在幻想层面。

"我觉得要是想谈一谈的话，最好和那位同居的好友谈。"英子说。

"是你觉得印象很好的那个人吗？"

"是的。我把那个人邀请到公司怎么样？"

"也对。"信吾的回复有些含混。

"修一在她们家喝酒，酩酊大醉之后折腾得厉害呢。他还让她唱歌，她优美的歌声都把绢子唱哭了。既然能被唱哭，看来绢子很听她的话呀。"

英子的表述很巧妙，可能绢子就是修一的外遇吧。

信吾不知道修一有这样的酒癖。

他们在大学前下车，然后拐进了小路。

"如果修一知道了这事，我就没脸去公司了，所以干脆让我辞职吧。"英子小声说。

信吾打了个冷战。

英子驻足而立。

"绕过那座石墙，第四家挂着'池田'门牌的就是了。我都认识她们，所以就不去了。"

"麻烦你了，今天就到此吧。"

"为什么？都走到这儿了……要能让您家和睦相处，不是好事吗？"

信吾对英子的反抗心生厌恶。

英子说的石墙，其实是水泥墙，院墙内有大红叶树。绕过这家的墙角，第四家就是挂着"池田"门牌的小旧房子，毫不起眼。门口朝北，里面很是昏暗，二楼的玻璃门也关着，听不到声音。

信吾走过去，竟没有发现特别吸引人眼球的东西。

走过去之后，他就失望了。

这个家里到底隐藏着儿子什么样的生活情景呢？信吾觉得这里没有值得自己突然闯入或者欲想得到的东西。

于是他从别的路绕走了。

英子已经离开刚才的地方。信吾走到下车的大路，也没找到她。

当信吾回到家，发现菊子的脸色似乎很难看，于是就说：
"修一顺便去了趟公司，稍后就回。天气不错，挺好呀。"

信吾累得够呛，很早就钻进了被窝。

"修一给公司请了几天假？"餐室传来保子的声音。

"这个，我没问过。不过只是去接房子，就两三天吧。"信
吾在被窝里回答。

"今天，我想干点活，就让菊子帮忙给被子装上了棉花。"

房子要带两个孩子回来，之后菊子就要辛劳了。信吾心里想着。

他一想到让修一搬出去另住，脑子里就浮现出在本乡看到的
那个女人的家。

信吾还想起英子反抗的情景。她虽然每天都在信吾身边，但
信吾却从没见过她如此反抗过。

菊子大概还没有反抗吧。保子告诉他，那孩子说过她怕爸爸
难堪，所以没有吃醋。

不久就熟睡的信吾被保子的呼噜声吵醒，他就捏住保子的
鼻子。

保子好像一直醒着一样，她问："房子会拎着包袱回来吗？"

"有可能吧。"

对话就此中止。

岛　梦

一

流浪狗在地板下产崽了。

"产崽"是种漠然的说法，但用在信吾一家身上却很是恰当。因为狗是在家里谁都不知情的状况下在地板下产崽的。

"妈，泰路昨天和今天都没来，是不是产崽了？"七八天前，菊子在厨房就问过保子。

"这么一说，还真没看到它呢。"保子并不在意地回她。

信吾把脚放入脚炉，泡了一杯玉露。从今年秋天开始，信吾就养成了每天早上喝玉露的习惯，并且是自斟自饮。

菊子是边做早饭边说泰路的事，但话题也没有再往下延伸。

菊子跪坐在信吾面前，当她把味噌汤端给信吾时，信吾沏好了玉露说："喝一杯吧。"

"好，我尝尝。"

这是此前没有过的事，因此菊子端坐着。

信吾看了看菊子说："你腰带和外褂上都是菊花图案吗？可菊花盛开的秋天都过了。今年因为房子的事给折腾得，把你的生日都忘啦。"

"我腰带上是四君子图，一年到头都适合系。"

"四君子是什么？"

"兰、竹、梅、菊……"

菊子接着爽朗地说："爸，您看过后就知道了，图画上也有，和服上也会经常出现的。"

"好个贪心的图案呀。"

菊子把茶碗放下后说："真好喝！"

"那个……也不知道是谁，把这茶作为奠仪的回礼送了过来，我这才又喝了起来。我以前喝过不少玉露，不过家里人都不喝粗茶。"

那天早上，修一先去了公司。

信吾在门口一边穿鞋，一边试图回忆将玉露作为奠仪回礼的友人。他只要问问菊子就知道了是谁，可他并没有开口。因为那位朋友是带着一名年轻的女伴去温泉旅馆，然后猝死在了那里。

"泰路怎么没来呀。"信吾问。

"是的，昨天和今天都没来。"菊子回答说。

有时听到信吾出门的声音，泰路就会绕到玄关，跟着他到门外去。

信吾想起来最近菊子就在玄关那儿抚摸过泰路的肚子。

"摸起来胖鼓鼓的，有点吓人。"菊子皱着眉，好像在摸它怀了几只。

"有几只呀？"

泰路用一种奇怪的白眼瞟了一下菊子，然后腹部朝上横躺起来。

泰路的腹部鼓起的程度没有菊子感觉到的那么可怕，它那皮毛稍薄的腹部下方是粉红色，不过乳根周围却都是脏的。

"它有十个乳头？"

被菊子那么一问，信吾便用眼默数它的乳头。最上面的一对小得看起来都干瘪了。

泰路本来有主人，它脖子上还戴着饲养证。可能是主人没有好好喂食，才致使它沦为流浪狗。它习惯于在主人家附近住户的厨房门口游荡。菊子会多做一点早饭和晚饭，然后把剩下的喂给它，如此它在信吾家待的时间就多了起来。夜晚每每听到它在庭院里叫，让人觉得它就一直待在这里。不过，菊子并没有将其视为自家的狗。

而且它每次产崽都会回到主人家。

菊子说它昨天和今天没来，大概是猜测这次它也应该会在主人家产崽吧。

它回到主人家产崽，信吾总觉得这样有些可怜。

不过，这次却是在信吾家地板下产的崽。大概十来天，竟然都没人发现。

信吾和修一刚从公司回来，菊子就说："爸，泰路在我们家产崽啦。"

"是吗，在哪里？"

"在女佣房间的地板下。"

"啊？"

现在女佣也不在，三张榻榻米大小的房间被当作储藏室来用，里面堆放着各种东西。

"泰路走进女佣房间的地板下之后，我一窥看，结果发现它已经产崽了。"

"哦，有几只？"

"太黑看不清，下在了靠里面的地方。"

"是吗，这么说是在咱家下的？"

"你妈之前就说泰路在储藏室附近，觉得有些奇怪。它转来转去像是刨土，原来是在找产崽的地方呀。如果放点蒿草进去，它可能早就在储藏室产崽了。"

"小狗长大了就不好办了。"修一说。

信吾对泰路在自家产崽感到高兴，但想到小狗不好照料而要丢弃时，就有些不悦了。

"听说泰路在咱家产崽了？"保子也问。

"听说是这样。"

"说是在女佣房间的地板下。泰路也知道女佣房间没人呀。"

保子的脚依然在脚炉里，她表情不自然地抬头看了信吾一眼。

信吾也把脚放进脚炉，他喝完茶后对修一说："那个……你之前说谷崎给我找个女佣的事怎么样了？"

接着，他又沏了一杯茶。

"爸，那是烟灰缸。"修一提醒他。

原来信吾错把茶倒进了烟灰缸里。

二

"我老了，终究还是爬不了富士山了。"信吾在公司里自言自语。

虽是忽然说出来的一句话，但却意味深长，因此他反复嘟囔。

大概是因为昨夜梦见了松岛才说出这样的话吧。

没有去过松岛却梦见松岛，早上起来后信吾觉得很是诧异。

到了这把年纪，竟然还没去过日本三景中的松岛和天桥立，信吾这时候才意识到。他只去过三景中的安艺宫岛，当时是过了旅游旺季的冬天，他出差去九州的回家途中，下车去了那里观光。

到了早上，梦只剩下残片，但岛上松树的颜色和海的颜色依旧印象鲜明。他清晰地记得那里就是松岛。

信吾在松阴的草地上抱着一个女子，两人怯怯地躲藏着，好像都是瞒着同伴出来的。女的非常年轻，还是个姑娘，但他把自己的年纪却忘记了。不过从他和女子在松树间奔跑的样子推断，信吾应该也还年轻。他抱着姑娘，两人似乎没有什么年龄的差异，其举动就像年轻小伙子一样。不过，他觉得这不是返老还童，也不是过去的事。信吾如今六十二岁，梦里却是二十多岁的样子，这就是此梦的难以置信之处。

同伴的汽艇驶离海岸。汽艇之上只有一名女子站立着，并不断挥动手帕。在大海的映衬之下，那手帕的洁白直至梦醒之后依然记忆犹新。信吾和女子滞留在了小岛上，却一点也没有感到些许不安。信吾能看到海上的汽艇，却始终认为从汽艇上无法看到他们隐蔽的地方。

就在梦到白手帕的时候，信吾醒了过来。

早上醒来后，他不知道梦里的女子是谁。他记不得她的长相和身姿，甚至连感触都没有，只记得风景的颜色很是明晰。不过，梦中的地点怎么会是松岛，为什么自己会梦到松岛，这些都无从知晓。

信吾没见过松岛，也没有乘坐汽艇去过无人小岛。

信吾本想问家人梦中有颜色是不是意味着神经衰弱，但却怯于去问。他觉得梦见与女子拥抱总是不太好。只不过，梦中的自己是年轻的自己，这倒是那么自然而然地合乎逻辑。

梦里的时间不合情理，倒让信吾感到些许欣慰。

信吾心想只要知道那个女子是谁，这种不合理之处就会解除。在公司，他不停地抽着烟。一阵轻轻的敲门声后，门开了。

"早上好！"铃木走了进来。

"我以为你还没出来呢……"

铃木摘下帽子挂在那里，英子急忙站起来要接他的外套时，铃木却坐在了椅子上。看到铃木的秃头，信吾觉得可笑。他耳朵上的老年斑也多了，很不雅观。

"有什么事吗，一大早就过来？"

信吾克制住笑意，看了自己的手。信吾的手背到手腕，有时也会出现一些浅斑。

"已经去往极乐世界的水田……"

"啊，水田。"信吾想了起来。

"对呀，我收到的玉露是水田奠仪的回礼，此后我又养成了喝玉露的习惯。我收到的玉露真不错呀。"

"玉露虽然不错，但我更羡慕极乐往生。我听过那样的死法，但水田并没想到。"

"嗯？"

"你不是说羡慕吗？"

"你又胖又秃，所以很有可能。"

"我血压又不高。水田好像害怕脑溢血，都不敢一个人在别处住。"

水田在温泉旅馆猝死。葬礼上，旧友低声议论铃木所说的极乐往生的事。但是不能说他带着年轻女子同住，就认为他死后去了极乐世界。后来一想，还是觉得有些怪异。不过那女子是否回来参加葬礼倒是令人颇为好奇。有人认为这女子会痛苦一辈子，也有人觉得如果她爱这个男人，回来参加葬礼也算是她的心愿吧。

如今六十多岁的这帮朋友都是大学同级同学，他们用文绉绉的话谈天说地，让信吾觉得这是又老又丑的表现。他们用学生时代的绰号或爱称互相称呼，并互相了解年轻时的往事，这不仅仅带着亲密和怀念，还蔓延出利己主义的世故，令人生厌。把此前去世的鸟山当作笑谈的水田，如今也沦为了他人的笑料。

铃木在葬礼上不休地谈论极乐往生，但当信吾想象着铃木也会得偿所愿地实现这种死法时，不觉间一身寒战。

"可是都这把年纪了，也太难堪了吧。"信吾说。

"是呀。我们都不会再梦到女人了。"铃木冷静地回答。

"你登过富士吗？"信吾问。

"富士？是富士山吗？"

铃木脸色有些诧异。

"没登过。你呢？"

"我也没有。没登过就这样老了。"

"什么？难道你有猥琐的想法？"

"胡说。"信吾笑出声来。

将算盘放在门口桌上的英子，此时也窃笑起来。

"如此说来，没登过富士山，没看过日本三景就走完一生的人真是出奇地多呀。登过富士山的日本人占百分之多少呢？"

"这个，可能都没有百分之一吧。"

铃木又回到原来的话题。

"要这么说，像水田那样的幸运儿真是几万分之一，甚至几十万分之一啦。"

"这就像是中彩票。不过，遗属会难过吧？"

"嗯，其实说起遗属，水田的妻子还来过呢。"铃木俨然一副有事要说的口吻。

"她就是拜托我这件事。"铃木边说边打开桌上的包袱。

"这是面具，而且是能乐面具。水田的妻子说让我把这买下来，我想让你先掌掌眼。"

"面具我可不懂，就像日本三景，我知道在日本，可是从没见过。"

面具有两个，铃木从袋子里拿了出来。

"这个叫慈童，这个叫喝食，两个都是儿童面具。"

"这是儿童面具？"

信吾拿起喝食，捏着穿过两边耳洞的纸绳欣赏起来。

"还画着刘海呢，是银杏状，应该是成人前的少年戴的。上面还有酒窝呢。"

"哦。"

信吾自然而然地将两只胳膊充分伸展开来，然后对英子说："谷崎，那个眼镜……"

"不对，你这样做就行了。能面就像是这样，据说在看的时候要稍稍把手抬高一点。我们老花眼这样看正好。要不然面具的眼睛会稍微下垂，显得忧郁。"

"好像某个人，好真实呀。"

据说面具眼睛向下显得忧郁，表情会带忧愁；面具眼睛向上显得阳光，表情看起来很欢快，铃木对此进行了说明。据说将其左右活动，是表示开始或结束。

"好像某个人。"信吾又说了一次。

"不像是少年，倒像是个青年呀。"

"以前的孩子早熟呀，而且所谓'童颜'，在能剧里面很有谐趣性。你好好看看，明明是少年嘛。据说慈童是个精怪，好像还是永恒的少年的象征呢。"

信吾按照铃木的解说，摆动着慈童的能面欣赏着。

慈童的刘海，是河童那样的光秃状。

"怎么样，结个缘吧？"铃木说。

信吾把面具放在桌上说："人家拜托你，你买下来才对呀。"

"嗯，我买了。其实水田的妻子共带了五个过来，我买了两个女面，然后硬是给了海野一个，其余的就指望你了。"

"什么，其余的？你自己先拿了女面，太能捷足先登了吧。"

"你的意思是女面好？"

"这不，好也没有了呀。"

"要是这样，我把我的带来也行。你要买的话，就算是帮我了。水田那么死去，我一看到他妻子的表情就觉得可怜，不好拒绝她。不过，相比女面，做工好像还是这两个好，永恒的少年不是很好吗？"

"水田去世了，在水田那儿看了长时间面具的鸟山也先走一步，心里真不是滋味。"

"不过，慈童面具代表永恒的少年，你不觉得挺好吗？"

"你去过鸟山的葬礼？"

"当时因为有些事，我走得早。"

铃木站了起来。

"这样吧，先放在你这儿你慢慢欣赏。你要是不喜欢怎么办都可以。"

"喜不喜欢都和我无缘。这面具十分有趣，若是离开能剧永远放在我这儿，岂不是夺走了它的生命？"

"这个嘛，不要紧的。"

"价格呢？贵吗？"信吾又问。

"哦，为了防止忘记，我让水田夫人写在纸绳上面了。价格大概就那样，可能还能便宜点。"

信吾戴上眼镜，打开纸绳，当眼前的面具变得清晰起来时，他发现慈童的工笔和嘴唇非常漂亮，几乎让他惊叫。

铃木离开后，英子来到了桌旁。

"漂亮吧？"

英子默默地点头。

"你戴上试试怎么样？"

"啊？我戴上岂不很可笑吗？而且我穿的还是西装。"英子说。但当信吾刚要拿出去时，英子却将其戴在了脸上，并把绳子系在脑后。

"你稍微动一下看看。"

"好。"

英子站在那儿有些拘束，却做出了能面的各类动作来。

"太好了，太好了。"信吾不由得赞叹。就是这么一点动作，面具就活了过来。

英子穿着赤豆色的西装，波浪般的头发露在面具两边，就像马上要靠近过来，看起来很可爱。

"可以了吧？"

"嗯。"

信吾让英子赶快去买能面的参考书。

三

喝食和慈童都留有作者的名字，查阅书籍发现，它们虽然没有达到室町时代的古代作品范畴，但也出自稍晚一点的名人之手。首次将能面拿在手里欣赏的信吾，心想这不像是赝品。

"天哪，看起来都好可怕。"保子戴着老花镜看着能面说。

菊子偷偷地笑着说："妈，那是爸爸的眼镜，您戴着好使吗？"

"啊，戴眼镜的人可能都漫不经心吧。"信吾替保子回应说，"无论用谁的，基本都差不多。"

保子用的是从信吾口袋里掏出来的老花镜。

"一般来说都是丈夫先老眼昏花，不过咱们家，你妈可比我大一岁。"

信吾心情愉悦。他没脱外套就直接把脚放进了脚炉。

"可怜老花眼连吃的都看不清。端上来的饭菜，要是做得精致复杂一点，有时都看不清是些什么。刚开始老花眼的时候，把饭碗端上来后觉得饭粒都很模糊，看不清其中的颗粒，真是无奈呀。"信吾一边说，一边入神地看着能面。

这时，信吾发现菊子已将和服放在膝前，等待着他更换。此外，他还发现修一今天没回家。

信吾站起来一边换衣服，一边俯看脚炉上的面具。

其实今天他这么做，也有避免直视菊子的意思。

信吾心中翻起了疑云，心想刚才菊子对能面熟视无睹，只是若无其事地收拾西装，莫不是因为修一不回家了。

"确实令人害怕，看起来就像人头一样。"保子说。

信吾返回到脚炉处。

"你感觉哪个好呢？"

"这个好吧。"保子不假思索地回答，然后拿起喝食面具说，"竟和真人一般呀。"

"啊，是吗？"

保子的果断回答让信吾感到索然无味。

"它们的作者各异，但时代相同，都属于丰臣秀吉那个时代。"说完，信吾就将脸移到慈童面具的上面。

喝食是男脸，眉毛也符合男性，但慈童带有几分中性，眼睛和眉毛之间很宽，那柔和的蛾眉，近似少女。

信吾的眼睛从正上方靠近看，随着那少女般的光滑肌肤滋润他的老花眼，他感受到了人体的温暖，而面具似乎带着鲜活的微笑一般。

"啊！"信吾惊讶地吸了一口气。当他把脸靠到离面具三四寸的地方时，只见一个活生生的女子在微笑，那微笑美丽而清纯。

它的眼睛和嘴活灵活现，空空的眼窝中嵌入了黑色的眼珠，深红的嘴唇看起来楚楚可人。信吾屏住呼吸，当他的鼻子快要触到能面时，它那黑色的眼珠从下浮上，下唇饱满起来。信吾差点与之接吻，他深深地舒了一口气，起开了脸。

移开了脸，一切就像是虚幻。他深深地呼吸着。

信吾沉默不语，将慈童的面具放进袋子里，那是一个红色的金襕袋。

他将喝食面具交给保子说："把它放进去吧。"

慈童那古典色的口红从唇边向里渐渐变淡，直到下嘴唇里面，这些信吾感觉都能看见。嘴轻轻张开，下嘴唇里没有排列的牙齿。嘴唇真像雪上的花蕾一样。

可能是看能面时把脸靠近得几乎接触到一起，才使能面出现这种奇异现象吧。估计做能面的人也没想到这一点。在能剧的舞台上，适当的距离感看起来最为生动，但如今即便如此贴近也能显得极为生动，信吾觉得这莫不是做能面的人留下的爱的秘密。

这是因为，信吾自己感受到了天赐邪恋般的心动。而且，面具看起来比人间女子更为美艳。可能是因为自己老花眼了吧，思之让他想笑。

不过，在梦里拥抱姑娘，觉得戴着面具的影子楚楚可怜，甚至差点和慈童接吻，这一系列奇怪的事，让信吾怀疑自己莫不是枯木逢春了？

信吾眼花之后，就没有触碰过年轻女孩的脸。难道老花眼中，还产生了一种隐约的柔和之趣？

"这个面具，是作为奠仪送玉露的那个……对，就是在温泉猝死的水田的旧藏。"信吾告诉保子说。

"太可怕了。"保子又一次如此回答。

信吾在茶里加入威士忌，然后喝了下去。

菊子在厨房切配鲷鱼的葱花。

四

岁末的二十九日早上，信吾一边洗脸，一边看着泰路领着一群小狗朝着向阳处走去。

小狗都可以从女佣房间的地板下爬出来了，但到底是四只，还是五只还弄不清楚。菊子麻利地抓住爬出来的小狗，抱回了家里。小狗被抱起来后很是温顺，但一看到人就又会钻回到地板下。它们还没有整齐地跑到过院子里来，所以菊子说不清是四只，还是五只。

在向阳处，她才发现一共是五只。

那地方是此前信吾看麻雀和黄道眉共同嬉戏的山脚。小山是为躲避空袭而挖掘的防空洞的土堆起来的，战争期间那里还种过蔬菜，如今好像都成了动物们早上晒太阳的乐园。

黄道眉和麻雀啄过的狗尾巴草已经枯萎，但依旧坚强地保持着原来的样子，从山脚覆盖到山上。山上杂草柔嫩，泰路将地方选在那儿，让信吾都佩服它的智慧。

人们在出门之前或者起床之后都先忙着做早饭，这时泰路却已带着小狗到了这个好地方，它一边晒着朝阳，一边给小狗喂奶，悠然地沉浸在不被人们打扰的闲趣之中。信吾第一次产生了这种感觉，他凝视着这幅小阳春的图景发出微笑。虽然是岁末二十九，镰仓的向阳处却呈现出一片小阳春。

不过再一看，只见五只小狗争相去抢吸母乳，它们的前脚掌心就像抽水泵一样能够压住乳房挤出乳汁，将动物本能发挥得淋漓尽致。大概是泰路觉得小狗已经长得能爬上小山了吧，总不愿给它们喂奶，于是一会儿转动身体，一会儿腹部向下。泰路的乳房，都被小狗的爪子抓出了红色伤痕。

最后泰路站起来，挣脱了吃奶的小狗，并从小山上跑下来。一只不肯松口的黑色小狗，被带动后从小山上摔落下来。

从三尺左右的高度掉下，把信吾吓了一跳。若无其事地重新爬起的小狗呆呆地站了一会儿，就又马上走动起来，并闻了闻泥土的芳香。

"啊？"信吾心里疑惑。这只小狗像是第一次看到，却感觉此前就见过一样。信吾想了一阵。

"想起来了，是宗达的画。"信吾自言自语。

"呀，真厉害呀。"

信吾只在照片上见过宗达画的水墨小狗，他原以为那只是图样般的近似玩具的小狗，如今才发现多么逼真写实，所以才如此惊叹。

如果在方才看到的小黑狗的形象基础上加以勾勒和美化，那么就成了宗达的那幅画。

信吾觉得喝食的能面是写实的，他觉得好像某个人。

喝食的制作师和画家宗达是同一时代的人。

现在说来，宗达画的是杂交的劣种狗崽。

"喂，快来看。小狗子都出来了。"

四只小狗畏缩着从小山上下来。

信吾盼望着，可是黑色小狗也好，其他小狗也好，再也找不出宗达画中的影子了。

小狗入了宗达的画，慈童面具成了现实中的女子，或者互相倒过来说，难道全是一种意外的启示？信吾心里想着。

信吾把喝食面具挂在墙上，却把慈童面具像秘密一样放入壁橱深处。

保子和菊子都被信吾叫到盥洗室来看小狗。

"什么，你们洗脸的时候都没发现吗？"被信吾一说，菊子把手轻放在保子肩上，边从后面窥看边说：

"女人早上都匆匆忙忙的。对吧，妈？"

"是呀。泰路呢？"保子问。

"小狗崽就像迷路的孩子或弃子，到处团团乱转，又不知跑到哪里去了。"

"要说把它们扔掉，又舍不得了。"信吾说。

"两只小狗已经有人相中了。"菊子说。

"是吗？有人想要？"

"是的。一家是泰路的主人，说是想要只母的。"

"啊？都把泰路弄成了流浪犬，还想找个小狗顶替呀？"

"好像就是这样吧。"

菊子接着保子刚才的问题说："妈，泰路可能去哪里混饭了吧。"然后，又告诉信吾说：

"附近的人都很吃惊，说泰路很聪明。它都清楚地知道街坊邻里的开饭时间呢，一到时间，它就准时溜达过去了。"

"啊，是吗？"

信吾有些失望。最近早晚都给它喂食，本想着它会一直待在家里，不承想它却摸准了邻里的开饭时间经常出去。

"确切地说，不是吃饭时间，而是饭后收拾的时间。"菊子继续说，"邻里碰到我说'听说这次泰路在你们家产崽了'，然后还打听了泰路的各种行踪。爸爸您不在的时候，附近的孩子还希望看看泰路下的小狗呢。"

"看来还挺受欢迎嘛。"

"对呀，有位太太就说了一件趣事。她说这次泰路到咱家产崽，家里就会添丁呢。这是泰路在催促您儿媳哟，这难道不值得庆贺吗？"保子说完，菊子一下子脸色变红，把放在保子肩上的手缩了回来。

"妈，可别这么说啦。"

"附近的太太们就是这么说的嘛。"

"哪有把狗和人相提并论的？"信吾说，这话都是胡扯。

不过，菊子抬起方才羞怯的脸庞说："雨宫家的老爷爷，很是惦记着泰路呢。他来看过泰路，还拜托说咱们家能不能把泰路领过来。他言辞诚恳，我都不知如何是好。"

"是吗？领过来也行嘛。"信吾回答说。

"这样，它就能到咱家了。"

雨宫是泰路原主人的邻居，事业失败后卖了家当，然后去了东京。雨宫家原有一对老夫妇寄居，在家里干点杂务。因为东京的房子小，就让他们暂时留在镰仓租住。邻里们都把老头叫雨宫家的老爷爷。

泰路和这位老人最是亲近。他们搬到租住的房子后，老人还来看泰路。

"我马上把您的话告诉他，让他放心。"说完，菊子就出去了。

信吾没有看到菊子的背影。他的眼睛一直追着黑色的小狗，却发现窗边的大蓟草倒了。蓟草没了花，从茎的根部断掉后却依然绿绿的。

"蓟草真是坚强呀。"信吾说。

冬　樱

一

大年夜下起雨，元旦还在继续。

从今年开始满打满算，信吾六十一，保子六十二岁了。

元旦本该睡个懒觉，可是房子的女儿里子一早就在廊下跑动，声音吵醒了信吾。

菊子起了身。

"里子，过来。我们去烧烩年糕吧。里子，你来帮我好不？"菊子这么说，应该是为了把里子叫到厨房，省得她在信吾卧室旁的廊下跑动。不过里子根本没听，在廊下吧嗒吧嗒地跑个不停。

"里子，里子。"房子在被窝里喊她。里子也没理会母亲的话。

保子也醒来，她对信吾说："是个雨天的元旦呀。"

"嗯。"

"里子都起来了，房子还睡着，儿媳妇菊子也肯定要起来吧。"

在说"肯定要"的时候，保子的舌头有点磕巴，信吾觉得很好笑。

"我好久都没有在元旦被孩子吵醒了。"保子说。

"今后每天都会这样啦。"

"也不一定吧。相原家没有走廊，孩子来到咱家觉得新鲜，所以才喜欢跑来跑去。厌倦之后，我觉得她就不会再跑了。"

"说得也是。这个年龄的孩子谁不喜欢在廊下跑动呢？那声音，就像吧嗒吧嗒地吸着地板一样。"

"可能是脚丫柔软的缘故吧。"说着，保子就开始专注地听里子的跑步声。

"里子今年本该是五岁，可实岁变成了三岁，是不是让狐狸给偷走了？我们六十四也好，六十二也好，倒没什么明显变化。"

"不过，不一定吧。比如就有一件奇事。我生日月份比你大，因此今年咱俩就有一段时间同岁。从我生日到你生日期间，咱们不就是同岁吗？"

"啊，还真是呀。"保子也意识到了。

"怎么样，是个大发现吧？这可真是人生奇事。"

"是呀，不过时至今日，就算同岁又能如何呢？"保子自言自语。

"里子！里子！里子！"房子又喊起来。

里子可能跑腻了，好像又钻进了母亲的被窝。

"你的脚丫可够冰凉的。"

信吾听见房子的话音，可依旧闭目养神。

过了一会儿，保子说："在大家起床前，孩子那样跑并不碍什么。不过人都在的话，她就不太愿说话，所以又去缠着妈妈了。"

两人莫不是这样互相探讨着如何关爱孙女？

至少，信吾能感到保子是在寻找来自他的关爱。

或者说，信吾是在寻找真实的自己。

里子在廊下吧嗒吧嗒的跑声又传到睡眠不足的信吾耳里，但他却并不生气。

不过，他也并没有感到孙女的足音温和。信吾可能真的缺少关爱之心吧。

信吾没有注意到里子跑动的走廊处尚未打开的木板套窗那儿还是暗黑的，而保子好像马上觉察到了，这让保子觉得里子好生可怜。

二

房子的不幸婚姻对女儿里子造成了心理阴影。信吾并不是不怜悯她们，只不过令他头疼的事情颇多。对于女儿失败的婚姻，他也不知如何处理。

对于毫无办法的自己，信吾都感到有些惊异。

关于嫁出去的女儿的婚姻生活，父母的力量是有限的，不过从沦落到不得不离婚的地步来看，如今他越发觉得女儿实属没有办法。

房子和相原离婚后带着两个孩子，这要是回到娘家的话也是不行的。这样，房子没法治愈内心的伤痛，也没法开创新的生活。

难道女儿失败的婚姻，就无法解决了吗？

秋天，房子离开相原后并没有回到娘家，而是去了信州老家。从老家的电报中，信吾他们才知道房子离家的前因后果。

后来房子被修一接了回来。

到娘家一月左右，她说必须把话和相原说明白，然后就离开了。

原本说最好让信吾或修一去和相原当面谈一谈，可房子不听，非要自己去。

"要去的话把孩子留下。"保子说。

"孩子怎么办不也是问题吗？孩子是归我还是给相原，还不知道呢！"房子歇斯底里地回应说。

就这样出走之后，她再也没回来。

无论如何，这是夫妻之间的事。信吾还不知道要默默地等待多久，如此心有不安的日子过了一天又一天。

房子依旧没有音信。

难道她决定又要回到相原身边？

"莫不是房子是要这样拖泥带水地耗下去？"保子说。

"咱们这些年才是拖泥带水呢。"信吾立马回道，两人都露出一副愁容。

然而房子突然在大年夜回到了娘家。

"哎呀，你这是咋了？"

保子忧心地看着房子和孩子。

房子想把伞收拢起来，但手一直在颤抖，而且伞骨好像还折了一两根。

看到这情景，保子就问："是下雨了吗？"

菊子走过来，抱起了里子。

方才，保子正在让菊子帮她把炖好的菜放入套盒中。

房子是从厨房门口走进来的。

信吾以为房子是来要点钱，但实际情况却并非如此。

保子擦干手，一走进餐室就站着打量着房子说："真气人，相原怎么能让你在大年夜回来呢？"

房子默不作声，眼泪直流。

"行了，分明是离了嘛。"信吾说。

"是吗？不过，哪有大年夜把人撵出来的道理？"

"是我自己出来的。"房子抽泣地回答说。

"这样呀，那就好。本来就想让你在家过年，你回来了正好。我说话不妥，你多担待。这件事，年后我们慢慢商量。"

说完，保子去了厨房。

信吾有点被保子的话惊讶到，但他也感受到了这是母爱应有的回应。

不管是房子大年夜回家后进到厨房门口，还是里子元旦在昏暗的走廊来回跑，保子都毫不犹豫地给予怜悯。即便她是出于好意，但信吾还会多疑这其中有没有让自己顾虑的东西。

元旦早上，房子起得最晚。

大家一边听房子漱口，一边等她吃饭。房子的化妆时间也很长。

闲来无事，修一就给信吾的杯子倒入日本酒说："喝屠苏酒之前，先来杯这个吧。"

"爸爸头发大都花白了呀。"

"到我这年纪，有时一天就会平添出不少白发。甚至不到一天，转瞬之间头发就变白了呢。"

"不会吧？"

"是真的。你看。"说完，信吾把头稍微抬起。

和修一一样，保子也看了看信吾的头。菊子也像煞有介事地观察着。

菊子把房子的小女儿抱着放在了膝上。

三

他们为房子和孩子加了一个脚炉，菊子朝那里走去。

信吾和修一围着脚炉对饮，保子则从侧面把脚伸了进去。

修一基本不在家里饮酒，但可能是元旦下雨的缘故吧，不经意间竟超过了平时的酒量。他好像漠视父亲的存在，只顾一个劲地独酌，连眼神都变了。

信吾听说过修一曾在绢子家大醉，并让与绢子同住的女孩唱歌，为此绢子还哭了。如今他看到修一喝醉的眼神，就想起了此事。

"菊子，菊子。"保子喊道，"拿些橘子过来。"

菊子打开拉门，把橘子拿了过来。

"拿到这儿来吧，这两人也不吭声，只是喝个不停。"保子说。

菊子看了看修一，岔开话说："爸应该没喝吧。"

"不，我想稍稍回顾一下爸爸的一生。"修一自言自语，像是要倾诉似的。

"一生？一生中的什么？"信吾问他。

"有些模糊，但非要下个结论话，那就是一生是成功还是失败。"修一说。

"这哪能分清呢，这话说得……"信吾驳了一句，接着说，"今年新年沙丁鱼干和伊达卷回到了战前的味道，由此来说算是成功吧。"

"是沙丁鱼干搭配伊达卷吗？"

"对呀。难道不是吗？如果你真的稍稍回顾你爸我这一生的话就知道了。"

"说是稍稍回顾……"

"嗯。平凡人的一生，就是思考今年依旧照常生活，新年能看到沙丁鱼干和干青鱼子。不是很多人都已经去世了吗？"

"确实呀。"

"不过，父母一生成功与否要是与子女的婚姻成败挂钩，那就太麻烦了。"

"这是您的真实感受吗？"

"好啦好啦，元旦一大早就说这个。房子还在家呢。"保子翻起眼睛小声说，然后她问菊子，"房子呢？"

"姐姐睡了。"

"里子呢？"

“里子和妹妹也睡了。”

“哎呀，母女三人都睡啦？”保子说着，懵懂无知的脸上露出了老年人的天真。

家门开了，菊子走过去看了看，原来是谷崎英子前来拜年。

“哎呀，这下雨天……”

信吾有些惊讶，“哎呀”是对保子方才那种语调的挪用。

“她说她不进来了。”菊子说。

“是吗？”

信吾朝着大门走去。

英子穿着外套站在那里，那是一袭黑色的天鹅绒服。好似清洁过的脸上化着浓妆，束腰后的身姿，看起来更娇小了。

英子有些拘束，寒暄了几句。

“这么大的雨，你怎么来了。今天谁都没来，我们也不打算出去。太冷了，进来暖暖身子吧。”

“好的，谢谢。”

英子冒着风雨中的严寒过来，看样子似要倾诉什么，像是真的有话要说。信吾对此并不了然。

总之，他觉得英子冒雨前来，着实不易。

英子好像也没打算进门。

“这样吧，我干脆出去看看。咱们一起去，所以你进来先等等我，可以吗？我每年元旦都去板仓那里，他是前任社长。”

信吾从早上就挂记这事，他看见英子来了，便坚定了想法，于是赶忙准备起来。

修一在信吾起身去大门后就恣意地躺倒，可是信吾折回换衣时，他又爬了起来。

"谷崎来了。"

"嗯。"

修一若无其事一样，他不想见到英子。

信吾出门时，修一抬起头目光紧随着父亲。他说："要是天黑前还不回来的话，那就……"

"知道了，我早点回来。"

黑色的小狗不知从哪里回来的，它模仿着母狗的样子从信吾前面走向门口，一晃一晃，半边的身子都被淋湿了。

"呀，好可怜。"

英子想在小狗旁蹲下来。

"我们家大狗产了五只小狗，四只都有人要了，只剩下了这只。"信吾说，"不过这只也有人要了。"

横须贺线上的电车空空如也。

信吾从电车窗户看着横空而降的雨滴，觉得这趟出来对了，心里十分畅快。

"每年来八幡参拜的人都能把电车挤满。"

英子点头回应。

"我想起来了，你经常元旦这天过来。"信吾说。

"嗯。"

英子低头忖度良久后说："即使我不在公司工作了，我也希望您能让我元旦来看您。"

"要是你结婚了，就来不了了。"信吾接着问，"怎么了？你来是不是有事要说？"

"不是。"

"不要顾虑，放心说吧。我脑子迟钝，精神有点恍惚。"

"您的话让人难以捉摸。"英子的回答很微妙，她接着说，"不过，我希望您允许我辞职。"

信吾并非没有预料到她会这么说，但却不知如何回她。

"这事本不该在元旦一大早就向您提出来。"英子用老成的口吻说。

"那就改天说吧。"

"好吧。"

信吾的心情很沉重。

他意识到在自己办公室工作了三年的英子好像突然变了个人似的，和平时大相迥异。

不过，他平时也没怎么仔细打量过英子。对信吾来说，她只不过是个女事务员而已。

信吾顿时觉得无论如何都得把英子留下，但他未必留得住她。

"你提出辞职，恐怕与我有责任吧。我让你带我去修一的外遇那儿，让你难为情，在公司见到修一也怪尴尬，对吧？"

"的确很尴尬呀。"英子回得明白。

"不过后来回想，我觉得您作为父亲那么做也在情理之中。而且，我也很清楚自己不对，竟让修一带我去跳舞，还满心欢喜地去绢子家玩。我真是太堕落啦。"

"堕落？没这么严重吧。"

"我都成坏人了。"英子伤心地眯着眼说，"如果您同意我辞职，作为回报，我会劝绢子离开修一的。"

信吾一惊，倒有些不好意思了。

"刚才您家门口的人是修一的妻子吧？"

"你是说菊子？"

"嗯。真让人痛心呀。因此无论如何我都要说服绢子，我也下定决心了。"

信吾像是感受到了英子的松快一样，自己的心情也跟着轻松起来。

也许，这种轻易的办法也未必不会在解决问题时收到奇效。信吾忽然想到这里。

"不过，我没有让你这么做的理由呀。"

"我是为了报答您，心甘情愿这么做的。"

英子的小嘴说出大气势的话来，信吾倒是更惭愧了。

他甚至想说你不要这么轻易地多管闲事。

但是，他还是被英子的"决心"感动了。

"都有了这么好的妻子。真搞不懂男人的心。"

"我一看到他和绢子你侬我侬的样子就觉得讨厌，可是换作是妻子，他们关系就是再融洽，我都不会嫉妒。"英子说。

"不过，不去嫉妒其他女人的女人，男人是不是感到不满足呢？"

信吾苦笑。

"修一常说自己的妻子就是小孩子。"

"给你说的？"信吾尖声问她。

"嗯，给我和绢子都这么说……他还说，因为像孩子，所以您很喜欢她。"

"真是瞎说。"

信吾不由自主地看了眼英子。

英子稍微有点紧张地说："不过，最近没说。近来，他都不说妻子的事了。"

信吾气得浑身好似发抖一般。

修一说的是菊子的身体，信吾意识到了。

修一是希望新婚妻子类如娼妇吗？信吾觉得这种无知真令人吃惊，而且无知中还带着可怕的精神麻木。

修一甚至把妻子的事告诉了绢子和英子，这种草率的做法可能也是源于其自身的麻痹吧。

信吾感受到了修一的残忍。不仅仅是修一，他还感受到了绢子和英子对菊子的残忍。

难道修一没有感受到菊子的纯洁？

信吾脑海浮现出儿媳妇菊子那肤白瘦削且稚嫩的脸庞。

由于儿媳的缘故，信吾觉得他对儿子的厌恶稍微有些异常，但他却无法控制。

信吾因为暗恋保子的姐姐，所以在保子姐姐去世后和比自己大一岁的保子结婚。难道是这样的异常贯穿于生命的根底，因此才为菊子而心有不平？

菊子知道修一很早就有了外遇，因此嫉妒都不知道从何说起。不过，对于修一的麻木和残忍，菊子没有仇恨，反而激发了她的女性意识。

信吾觉得相比于菊子，英子的发育更加差些。

最后，大概是自身的孤寂抑制了自己的愤怒吧，信吾沉默了。

英子也默默地摘下手套，整理了一下头发。

四

一月中旬，热海旅馆的庭院里樱花盛开。

因为是寒樱，所以会在年末开始开花，这让信吾觉得仿佛置身于另一番世界。

信吾把红梅误认为是粉桃花，而白梅花看起来则像杏花或其他花类。

进入房间之前，信吾就先被映入泉水中的樱花吸引住了，于是他走向岸边，站在桥上观赏起来。

然后，又去了对岸看伞状的红梅。

三四只白鸭从红梅树下逃跑了。从鸭子那黄色的嘴和深黄色的掌上，信吾感受到了春意。

因为明天要见公司的客人，所以信吾来到这里提前准备。办好入住手续，就没其他事了。

他坐在廊下的椅子上，欣赏着庭院里的花。

白杜鹃也开了。

不过，此时厚厚的雨云从十国峠方向压下来，信吾因此走进了房间。

桌子上放着怀表和手表，共有两只。手表要快两分钟。

两只表的时间很少完全一致，信吾心里有些不放心。

"要是不放心，随身带一只不就好了吗？"保子说他。信吾原本也这么想，不过他多年来都习惯了。

晚饭前就开始下起了暴雨。

因为停电，他很早就睡了。

醒来后，听见院里的狗在叫，但实际上是犹如大海汹涌般的风雨声。

信吾额头冒出了汗。室内就像春天海边的风暴一样沉郁，有些温热又令人胸中苦闷。

信吾一边深呼吸，一边感到令人吐血般的不安。花甲之年他曾经吐过一点血，但此后便没发作。

"不是胸部难受，而是胃里想吐。"信吾自言自语地说。

耳朵里充斥着令人讨厌的东西，然后传到了两鬓，最后又积压在额头。信吾揉了揉脖颈和额头。

像海吼一样的是山的狂躁之音，而风雨的尖厉声又盖过了山音，逼近过来。

这种暴风雨声的深处，远远听见是轰隆声响。

这是列车穿过丹那隧道的声音。信吾恍然大悟，觉得肯定是那种声音。列车穿过隧道的时候，鸣笛响起。

不过听了鸣笛之后，信吾忽又害怕起来，并彻底清醒了。

那声音确实很长。

列车穿过七千八百米的隧道只要七八分钟，信吾似乎从列车驶入隧道口时就听到了。然而，列车从函南隧道口刚刚驶入，离这边热海出口七百多米的旅馆怎么会听到隧道里面的声音呢？

和那声音一道，信吾的大脑确实感受到了列车通过黑暗的隧道。从对面入口到这边的出口之间，信吾一直能感觉得到。列车驶出隧道的时候，信吾松了一口气。

不过，真是一件怪事。他想着到了明早要么问问旅馆的人，要么给车站打个电话。

他许久都没睡着。

"信吾，信吾！"似醒非醒中，信吾听到了有人召唤。

只有保子的姐姐这么召唤过他。

信吾激动地睁开惺忪的睡眼。

"信吾！信吾！信吾！"

那声音从窗里悄悄地传入进来。

信吾忽然惊醒。旅馆后面小溪的水流声很是清晰，孩子也嬉闹出声来。

信吾起来后，打开里侧的木板套窗。

朝阳明媚。冬天的朝阳放射出宛如春雨过后的暖光。

小溪对面的路上，聚集着七八个去上小学的孩子。

刚才的呼唤难道是孩子们在互相吆喝？

不过，信吾却探出上身，开始用眼睛扫视小溪这边的矮竹丛。

朝　露

一

正月初一，当被儿子修一说"爸爸头发大都花白了"时，信吾便回答说"我们这个年纪，一天就会长出很多白发，有时别说一天，可能眼看着头发就会变白"。这也让信吾想起了北本。

要说信吾的同学，现在都已年过花甲，不少人都经历了战中到战败，命运坎坷。五十多岁的人站在高处掉下来就很严重，摔倒了就很难站起来。这个年龄，也经历了儿子在战争中死去。

北本就失去了三个儿子。当公司的业务转向战争之后，北本就成了一个赋闲的技术工。

"听说他在镜子前拔白头发期间竟发疯了。"

有个老朋友到公司拜访，对信吾提到了有关北本的传言。

"他也不去公司了，赋闲在家，可能是为了打发时间他才拔白头发的吧。刚开始家里人都没怎么在意，只是觉得他没必要那样……不过，北本每天都蹲在镜子前。昨天刚拔掉，第二天又长出白发，真是多得怎么都拔不完。时光流逝，北本在镜子前的时间越来越长。每次看不到他时，他就在镜子前拔白发。有时稍微离开一会儿，他又会着急忙慌地回到镜子前继续拔。"

"那么，他头发没被拔光吗？"信吾说完都想笑。

"这可不是玩笑话。是的，拔得一根头发都没了。"

信吾一下子笑了起来。

"这个事，原来你不是说谎呀。"朋友和信吾互相瞅了瞅对方。

"听说拔白头发期间，北本的头发都变白了。拔一根白发，周围的黑头发就接二连三地马上变白。北本一边拔白头发，一边盯着镜中白发越发变多的自己，那种眼神无以言表。他的头发明显变少了。"

信吾忍住笑声问："他的妻子就一言不发任由他去拔吗？"

朋友则继续煞有介事地说："他头发变得越来越少，而且据说剩下的那点头发还都变白了。"

"很疼吧？"

"你是说拔头发的时候？拔掉黑头发就不好了，所以得一根一根认真拔，拔的话倒不疼。不过，医生说照此拔下去头皮会痉挛，头一碰就会痛。虽然不出血，但光秃的头会因此红肿。最后，他被送到了精神病院。仅剩的头发，北本好像在医院也将其拔掉了。真是好糟心，好可怕的执念。他这是不愿变老，而想返老还童呀。他是疯了所以拔白头发，还是白头发拔多了才变疯的，那就不清楚了。"

"不过，又变好了吧？"

"是变好了。发生了奇迹。他那光秃秃的头上，竟然长出了乌黑浓密的头发。"

"真是个好故事呀。"信吾又笑了。

"我说的是真的。"朋友并没有笑，接着说，"疯子不分年龄呀。我们要是疯了的话，很可能也会返老还童吧。"

朋友看了看信吾说："我是绝望了，你还是有希望的。"

朋友的头基本上都秃了。

"我也拔一根试试。"信吾自言自语。

"拔吧。不过，你应该没有拔到一根都不剩的勇气吧。"

"没有。我不介意白头发，并没想过为了把头发变黑而去发疯。"

"那是因为你的地位稳定，能从上万人的苦难和困厄之中哗哗地游出来。"

"真是言简意赅呀。这就相当于对北本说相比拔掉不该拔的白头发，染发会更简单是一个道理。"信吾说。

"染发只是伪装。要是想去伪装，我们就不会像北本那样产生奇迹啦。"朋友说。

"不过，不是说北本已经死了吗？像你说的那样发生奇迹，就算头发变黑、变年轻也……"

"你参加葬礼了吗？"

"那时候我不知道，战争结束稍微安定了一些后才听说的。但即便知道，又因为空袭最为激烈，也是没法去东京的。"

"不符合自然规律的奇迹无法长久。北本拔掉白头发，他可能是在反抗年龄的增长，也可能是反抗没落的命运，但寿命这东西可不是那么回事。头发就算变黑了，生命却无法得到延续，甚至还会适得其反。他拔了白头发之后虽然长出了黑头发，但却耗费了巨大精力，因此才导致其寿命缩短。不过，北本拼了劲地冒险和我们也没关系吧。"朋友给出结论，摇了摇头。他秃头顶旁边的头发，就像垂下的帘子一样。

"不管看到谁，最近头发都好像变白了。我们在战争期间还没那么严重，可战争结束后却一下子就变白了。"信吾说。

信吾并没有全信朋友的那番话，只当那是夸大其词的传闻。

不过，北本去世的消息，他从其他人那儿听到过，确定是真的。

朋友回去后，信吾一个人回想起刚才的话，内心发生了微妙的变化。他觉得如果说去世是事实，那么此前北本白头发变黑也是事实。如果长出了黑发是事实，那么此前北本发疯也是事实。如果发疯是事实，那么北本此前拔掉所有头发也是事实。如果拔掉所有头发是事实，北本看镜子的时候头发变白也是事实。由此看来，朋友的话岂不都是真的？信吾大吃一惊。

"忘了问那家伙啦，北本死的时候是什么样的。他头发是黑的，还是白的呢？"

说到此，信吾笑了。只不过这话和笑声都没有发出来，只是自己能听见。

即便朋友的话都是事实且毫无夸张之处，但也暗含嘲笑北本的意味吧？一个老人轻蔑且残酷地说着去世老人的传言，让信吾觉得很是差劲。

在信吾的同校同学中，死法怪异的就数北本，然后就是水田。水田是和年轻的女子去温泉旅馆，在那里猝死了。去年底，铃木让信吾买了水田的遗物能面。不过也是为了北本，信吾才把谷崎英子安排到公司的吧。

水田是战后去世的，因此信吾可以参加葬礼。但是，北本死于空袭期间，信吾是后来才知道的，因此当谷崎英子带着北本女儿的请帖来到公司时，信吾第一次听说北本的遗属疏散到岐阜县后就留驻在了那里。

据说英子是北本女儿的校友。然而，北本的女儿拜托他给这样的一个朋友安排职位，信吾总觉得有点突然。信吾又没见过北本的女儿。战争期间，英子说也没见过她。信吾觉得这两个姑娘有点不大靠谱。如果是北本的妻子被女儿叫来商量此事时才想起信吾的话，那么她自己直接写信就可以了。

信吾在北本女儿的请帖中没有感受到责任心。

看到介绍过来的英子，信吾感觉那是一位身材单薄，内心轻佻的姑娘。

不过，信吾还是把英子招到公司，让她在自己办公室工作，至今已经三年了。

三年时间飞快，信吾后来一想，才发现英子竟然待了这么长时间。三年期间，英子和修一去跳过舞，好像还出入过修一外遇的家。信吾甚至还让英子引导自己去了那个女人家里。

这些事情，最近好像让英子变得很是苦闷，并讨厌起公司来了。

信吾没有和英子聊过北本的事，因此英子应该不知道朋友的父亲是疯掉后去世的。可能她们之间的友谊还没好到可以随时串门吧。

信吾曾经认为英子是个轻佻的姑娘，但从她辞掉公司工作来看，信吾感受到了她有一定的良心和善念。这样的良心和善念，是因为还没有结婚的缘故，所以让人感到很清纯。

二

"爸爸，好早呀。"

菊子把自己准备洗脸的水倒掉，到洗手间为信吾重新打了水。

血滴滴答答地落到盆里，并在水中散开，变淡了。

信吾突然想到自己轻微咯血，但觉得那血比自己的要好看，他以为是菊子咯血了，实际上是她在流鼻血。

菊子用毛巾掩住鼻子。

"仰头，仰头。"信吾用手扶住菊子后背。菊子像是要避开似的，向前打了个趔趄。信吾抓住菊子的肩膀从后面一托，然后用手按住她的额头，让她仰面向上。

"啊，爸爸，可以了。对不起呀。"

菊子说话时，血从掌心向肘部流出了一条线。

"不要动，蹲下来躺好。"

信吾扶着菊子，菊子就顺势蹲下来，倚靠着墙壁。

"快躺下。"信吾又说了一遍。

菊子闭上眼睛，一动不动。她那失去气血的苍白的脸上，露出了像是放弃了什么一样的孩子般的天真。信吾发现她的刘海下好像有轻伤。

"止住了吗？要是止住的话，就去房间休息吧。"

"嗯。已经没事了。"菊子用毛巾擦了擦鼻子说，"那个脸盆给弄脏了，我想再洗一下。"

"不，不用了。"

信吾急忙将脸盆里的水倒掉，他觉得盆底的血色好像溶化变淡了。

他没有用脸盆，而是用手接水管的水来洗脸。

信吾想叫起妻子给菊子帮忙。

可是，他又觉得菊子可能不愿让婆婆看到她痛苦的样子。

菊子的鼻血像是喷出一样，但信吾觉得那更像菊子释放的痛苦。

镜子前，信吾正在梳头时菊子走了过去。

"菊子。"

"嗯。"菊子转身答了一声，就直接走向了厨房，用火铲子夹着炭火过来。信吾看到火花爆裂。菊子把用煤气引燃的炭火，放进了脚炉里。

"啊。"信吾几乎要喊出来，他把自己都吓到了。他完全忘记了女儿房子回来的事。餐室昏暗，是因为隔壁房间里房子和两个孩子正在睡觉，木板套窗没有打开。

要给菊子帮忙，就算不唤醒老伴，叫醒房子也可以。可是，当信吾想着唤醒妻子的时候，头脑里却根本没想到房子。这可真奇怪。

信吾刚把脚伸进脚炉，菊子就端来了热茶。

"走路还晕吗？"

"有一点。"

"现在还早，今早你好好休息吧。"

"还是慢慢活动活动比较好，一会儿去拿报纸吹吹冷风就好了。常言道女人流鼻血，无须担心嘛。"菊子轻声问，"今早这么冷，爸爸您怎么起得这么早呀？"

"怎么说呢。其实在寺院的钟声响起之前，我就醒来了。那里的钟声无论冬夏，都是六点响起。"

信吾虽然起得早，但比修一去公司要晚。冬天，他一直这样。

午饭时间，他邀修一去附近的西餐厅吃饭。

"菊子额头的伤你知道吧？"信吾说。

"我知道。"

"可能是因为难产，医生用产钳夹完留下的伤疤吧。虽然说不上是出生时痛苦的印记，但菊子在痛苦的时候，那伤似乎会更明显些。"

"你是说早上吗？"

"是的。"

"是因为流了鼻血吧。她脸色不好，就能看到伤了。"

流鼻血的事，菊子什么时候告诉修一了呢？信吾有些沮丧。

"昨夜，菊子不会没睡吧？"

修一眉头紧皱，沉默了一会儿说："爸爸您一点也不用担心外来人。"

"什么叫外来人？她难道不是你的妻子吗？"

"所以，我才说您不用那么担心儿媳嘛。"

"这话是什么意思？"

修一没有回应。

三

信吾走进接待室，英子坐在椅子上，还有一个女人站在那里。

英子起身寒暄说："好久不见，天气都变暖了。"

"好久不见，都过了两个月啦。"

英子似乎有点变胖了，妆容也很浓。信吾想起来有次和英子跳舞时，感觉到她的乳房似乎正好一掌可握。

"这位是池田小姐。我经常向您提起……"英子介绍着，露出像是要哭出来似的可爱眼神。这是她较起真来的习惯表情。

"哦，我是尾形。"

修一承蒙您关照之类的话，信吾都没有对那个女人说出口。

"池田小姐说她不愿见您，也没有见您的理由，她觉得不好意思，我就硬生生把她带来了。"

"是吗？"

"在这儿说好，还是出去说好呢？"信吾问英子。

英子像是要征询池田似的看了看她。

"我觉得在这里就可以。"池田冷冷地说。

信吾内心有些疑惑。

英子好像说过要把和修一的外遇同住的女子带过来见信吾。不过，信吾却当成了耳旁风。

英子辞掉工作两个月后就把这事给落实了，令信吾着实感到意外。

大概终于到了要谈有关分手的话题了吧，信吾等着池田或者英子先打开话题。

"英子软磨硬泡给我讲，虽然我觉得来见您也无济于事，但还是来了……"

池田的话中明显流露出反抗的语气。

"不过，我之所以来见您，是因为之前我就告诫绢子最好和修一分手，而且和修一的父亲见一见，也能帮助我们劝他们分手，不也挺好嘛。"

"哦。"

"英子说您对她有恩，她对修一的妻子很是同情。"

"那真是一位好妻子呀。"英子插了一句。

"英子对绢子就是这么说的，但因为家里有个好妻子，自己就主动退出的女人如今太少了。绢子曾经说自己要还回别人的丈夫，那就得还回她那战死的丈夫，如果自己的丈夫能生还，不管他有多花心，还是在外面找女人，她都愿放任他的喜好。她问我说：'池田，你觉得怎么样？丈夫战死沙场，谁自然会这么想。'绢子还说我们的丈夫去参战，我们不也在煎熬吗？要是丈夫死后，我们该怎么办？修一来她那里不用担心死去，回家时也不会带伤，对不？"

信吾苦笑。

"不管妻子多好，她丈夫也没战死呀。"

"呀，这简直是胡说嘛。"

"嗯。那番话是酒醉时的哭话……她和修一两人喝得大醉。她让修一告诉妻子：'你没有等待过参战的丈夫的经历，你要等的丈夫肯定会回家。就这样告诉她，嗯，就这么说。我就是这么一个过来人，但战争遗孀去恋爱有什么错吗？'"

"这话是什么意思？"

"修一一个大男人，也不应该这么烂醉。他对绢子很是粗鲁，非让她唱歌。绢子讨厌唱歌，但没办法我就替她小声唱了几句。就算这样，修一也没冷静下来，搅得左邻右舍都不得安宁……我被迫唱歌，受到了侮辱，很是气愤。但我觉得他这可能不是耍酒疯，而是战场上养成的臭毛病。在战场上，修一有可能就是这样玩弄女人的吧。这么一想，看到修一胡来的样子，就像看到了自己战死的丈夫在战地玩弄女人的情形。我心里一惊，头脑恍惚，这是怎么回事呀？自己像是成了丈夫玩弄的女人，唱着粗俗的歌并哭了起来。后来我告诉绢子，绢子以为也许只有自己面对丈夫时才会想起这些。之后修一要逼我唱歌，绢子也会哭起来……"

信吾认为这是一种病态，脸色沉了下来。

"这种情况，你们要为自己考虑，尽早拒绝。"

"是的。修一回去后，绢子就语重心长地告诉我说要是这么下去的话就会堕落的。既然如此，和修一分手应该是个很好的选择，可是一旦分手之后，她觉得会真的堕落起来，她可能很担心这个问题吧。女人呀……"

"这个没关系的。"英子横插了一句。

"是呀。她一直在认真工作嘛。英子也看见了吧？"

"嗯。"

"瞧我的这身衣服，就是绢子做的。"池田指了指自己的西装说，"估计是仅次于裁剪主任的水平吧。她受到了店里的倚重，所以拜托英子工作的事，店里马上就答应了。"

"你也在那家店工作过？"信吾吃惊地看了看英子。

"嗯。"英子点了点头，脸上有点羞涩。

英子是有赖于修一的外遇才进入了同一家店，今天英子又把池田带来，她的心情信吾无法明白。

"所以说，我觉得绢子在经济方面断不会给修一添负担的。"池田说。

"那是肯定了，经济方面嘛……"

信吾有些生气，说了一半又停了下来。

"一看到绢子被修一欺负，我就常说这句话。"

然后池田低下头，手放在膝盖上说："修一是负伤回来的呀，是个心灵的伤兵。因此……"说着她抬起头来说，"能不能让他搬出去住呢？如果让他和妻子两个人生活，是不是就会和绢子分手了呢？有时候，我也会这么想。我想过各种结果……"

"是呀。是得想想啦。"

信吾像是点了点头似的回答说。他没有反对池田的话，觉得她的话与自己有所共鸣。

四

对于池田这个女子，信吾并没有任何拜托她的地方，因此就没给她说什么，而只是听她诉说罢了。

对方不明白信吾既不愿俯就也不愿坦诚交流，可为什么还会来见面，而且还听她说了那么多话。她像是为绢子做辩护，却又未必全是这个目的。

信吾琢磨着是否应该感谢一下英子和池田。

他没有理由对两人的到来感到疑惑和猜忌。

不过，莫非是他的自尊心受到了屈辱？信吾回家途中转道参加了公司的宴会，他刚要入席，艺伎就凑到他耳边轻声说了什么。

"什么？我耳背，没听见。"信吾生气地说，并抓着艺伎的肩，不过很快就松手了。

"好疼。"艺伎揉了揉肩膀。

信吾板着脸说："你过来一下。"

艺伎和信吾并肩向廊下走去。

他十一点左右回到了家，可修一还没回来。

"您回来啦。"

餐室对面的房间里，房子一边给小女儿喂奶，一边用一只胳膊托着自己的脑袋。

"嗯，我回来了。"信吾看了看房里问，"里子睡了吗？"

"嗯，刚睡着。她刚才还问'妈妈，一万元和一百万元哪个多，到底哪个多嘛'，惹得大家哈哈大笑。我告诉她你外公回来之后你问他看看，说着说着她就睡着了。"

"哦。是战前的一万元和战后的一百万元比较吧？"信吾边笑边说，"菊子，给我倒一杯水吧。"

"嗯。您是要喝水？"

菊子感到好奇，起身走去了。

"要井里的水，不要有漂白粉的。"

"好的。"

"里子战前还没出生，我也还没结婚呢。"房子在被窝里说。

"不管战前还是战后，看来还是不结婚好呀。"

听到里面的打水声，信吾的妻子说："按压抽水泵发出的嘎嘎吱吱声都变得不那么冷清了。大冬天的为了给你泡茶，菊子一早打井水发出的嘎嘎吱吱声，在被窝里听着都觉得冷呀。"

"嗯。其实我在思考是不是让修一他们搬出去住。"信吾小声说。

"搬出去？"

"搬出去应该比较好吧。"

"是呀。房子一直住在咱家，这也……"

"妈，要是他们搬出去，我也要出去住。"房子起身说。

"我要搬出去。好吧。"

"和你没关系。"信吾说。

"有关系。很有关系。'你爸爸不疼爱你，是因为你的性格问题'，当时被相原一说，我一下子就哽咽了，以前从没有这么气愤过。"

"好了，稍稍冷静点，都年过三十的人了。"

"没有安心的住所，哪能安心下来呀。"

房子合上衣服，遮住那露出漂亮乳房的胸部。

信吾感到疲惫似的站起来。

"老伴，睡吧。"

菊子给杯子倒上水走了进来，她另一只手拿着一片大叶子。

信吾站起来喝饱后问菊子："那是什么？"

"是枇杷新叶。淡淡的月光下，我模模糊糊看见井前面有白色的东西，心想会是什么呢。结果发现枇杷的新叶都这么大了。"

"这是女学生一样的趣味嘛。"房子嘲讽说。

夜　声

一

像是男人的低吟声音把信吾吵醒了。

是犬声还是人声，有点听不清楚。刚开始信吾听着像是犬的低吟声。

他还以为是泰路正处于死亡的痛苦之中，可能有人给它投了毒药吧。

信吾突然心跳加快。

"啊！"他捂住胸口，像是心脏病发作一般。

当他彻底醒来后，才听到不是犬声，而是有人在低吟。是有人脖子被卡，舌头不受使唤了吧。信吾打了个寒战，心想会是谁在遭人迫害呢？

"听呀，听呀。"他听到好像有人这么喊。

像是嗓子卡住后痛苦的呻吟声，而且声音很模糊。

"听呀，听呀。"

难道是要被害人期待外人听到杀人者的杀人理由或要求？

门口传来有人倒下的声音。信吾耸耸肩，打算起身。

"菊子，菊子。"

原来是修一喊菊子的声音。他口齿不灵便，没发出其中的一个音调，看来是喝得大醉。

信吾累得够呛，枕着枕头就睡了，而胸部还在悸动。他一边揉抚胸膛，一边调节呼吸。

"菊子，菊子。"

修一不是用手在敲门，而像是用踉跄的身体在撞门。

信吾舒缓了气息，打算去给他开门。

可是忽然想起，自己起床开门的话似乎有所不妥。

修一似乎是怀着苦闷的爱和悲伤在呼叫着菊子，声音中仿佛充满了无望。像是在遇到巨大的疼痛、悲伤或者遇到生命危险时用幼小的声音来呼唤母亲的那种低吟声，又像是从罪恶的深渊呼叫出来。修一用一颗可怜的赤诚之心向菊子撒娇。可能是他觉得妻子听不到，再加上醉酒的影响才发出撒娇的声音吧，听起来就像是在央求菊子。

"菊子，菊子。"

修一伤心的声音传到了信吾那里。

自己是否曾经满怀那种绝望的爱呼唤妻子的名字呢？自己恐怕也不知道曾到过外地战场的修一当时面临的那种绝望吧。

菊子要是醒来就好了，于是信吾仔细听着。他觉得让儿媳听到儿子那凄惨的声音可能会有些尴尬。信吾心想要是菊子不起来，那就把妻子保子叫起来，不过还是尽量等待菊子起来的好。

信吾用脚趾将暖水壶拨到被子边。春天了还在使用暖水壶，所以才引起了悸动吧。

信吾的暖水壶，由菊子负责保管。

"菊子，暖水壶就劳烦你了。"信吾常这样说。

菊子灌的暖水壶保温时间最长，口也拧得最紧。

不知道保子是因为顽固还是精气神十足，到了这把年纪她依然不喜欢用暖水壶。她的脚很温暖，五十多岁时信吾还贴着妻子的肌肤取暖，到了近几年才分开了。

而保子却不曾把脚伸向信吾的暖水壶。

"菊子，菊子。"敲门声还在持续。

信吾打开枕边的灯看了看时间，发现已经快两点半了。

横须贺线的末班车到镰仓的时间是一个小时前，之后修一应该又在车站前的酒馆喝上了。

听修一现在的声音，信吾觉得他和东京那个外遇之间的关系估计要到头了。

菊子起身，从厨房绕了出去。

信吾这才放心地把灯关掉。

他嘴里自言自语，像是在向菊子说"原谅修一吧"。

修一像是倚靠着菊子走进来的。

"痛，痛呀，放开！"菊子说，"你的左手揪到我的头发啦。"

"是吗？"

两人纠缠着倒在厨房。

"不行呀！别动……放在膝上……一喝醉，脚竟这么沉。"

"脚沉？瞎说！"

菊子像是要把修一的脚放在自己膝盖上为他脱鞋。

看样子菊子原谅他了。这样，信吾就不用担心了。夫妻之间，菊子能如此宽宏大量，信吾兴许高兴坏了呢。

说不定菊子早就听清了修一的呼叫。

然而尽管如此，修一虽然是从那个女人那儿酒醉而归，可菊子依旧把他的脚抱到膝上为他脱鞋，这让信吾感受到了菊子的温柔。

菊子让修一睡下之后，自己去关厨房门和大门。

修一的呼噜声，连信吾都听得到。

修一被妻子接进来后很快就睡着了。可是刚才一直陪修一喝的烂醉如泥的绢子，其状态是怎么样的呢？修一在绢子家一喝酒就撒酒疯，不是把绢子都惹哭过吗？

因为修一视绢子为知音，菊子有时气得脸色苍白，不过她的腰却变丰腴了。

二

修一的巨大呼噜声不久就停下来，可信吾却无法入眠。

保子打呼噜的毛病是不是遗传给了儿子，信吾心里琢磨着。

不对，今天大概是喝多的缘故吧。

最近，信吾并没有听到妻子的呼噜声。

寒冷的天气，保子的睡眠质量似乎越发好了。

信吾因睡眠不足，第二天他的记忆变差，心情变糟，有时还会为感伤所困。

刚才修一呼唤菊子的声音，可能就是因感伤而听到的吧。难道修一不仅是因为舌头不灵便，莫非他还想借着酒醉来掩盖自己的难为情？

含混不清的声音中，信吾之所以感受到修一的爱和悲哀，只不过是因为他感受到了自己对修一的期望而已。

不管如何，因为那种呼声信吾原谅了修一，而且他觉得菊子应该也原谅了修一。由此，信吾想到了骨肉至亲之间的偏爱。

信吾愿意对儿媳菊子关怀有加，但本质上应该还是出于对儿子的偏爱。

修一丑态百出。他从东京的外遇那里醉酒回来，差点倒在了家门口。

如果信吾板着个脸去开门，修一可能会从醉梦中醒来吧。菊子去当然好了，这样修一就能靠着菊子的肩膀进到家里。

修一的受害者菊子，似乎也是修一的宽恕者。

刚刚二十出头的菊子，要是和修一一起生活到像信吾和保子那样的年纪，她得一而再、再而三地宽容丈夫多少次呀？菊子会永远宽容修一吗？

不过，夫妻之间应该不断吸纳对方的不良习惯，就像令人生惧的沼泽一样。绢子对修一的爱以及信吾对菊子的爱，最终会被修一和菊子这对夫妇的这片沼泽吸得毫无痕迹吗？

信吾认为，战后的法律把以亲子为基本单位改为以夫妻为基本单位的做法是合理的。

"就是说，相当于有了夫妻的沼泽。"信吾自言自语。

"让修一搬出去吧。"

心里刚想起的事，就全部自己说了出来。这大概是年龄大了之后养成的毛病吧。

信吾嘴里念叨的"夫妻的沼泽"，就是夫妻两人互相容忍对方的恶行，让沼泽不断变深的意思。

妻子的自觉，大概就是从直面丈夫的恶行开始吧。

信吾眉毛发痒，他揉了一下。

春天临近了。

就算半夜醒来，也没有冬天那样让人讨厌了。

修一方才弄出声响之前，信吾就已经从梦中醒来。当时，梦中情景还记得一清二楚。不过被修一打扰后，几乎都忘记了。

也可能是自己内心的悸动，让梦中的记忆消失了吧。

他能记住的，只是一个十四五岁的少女堕胎的事和"如此一来，某人就成了永恒的圣女"这句话。

信吾在看物语，这句话就是物语的结句。

他一边读物语，一边感到物语中的情节就像戏剧或电影一样。信吾没有出现在梦中，完全站在旁观者的立场上。

十四五岁就堕胎，这圣女也太奇怪了吧，而且还是个长篇物语。信吾在梦中阅读了描写少男少女纯爱的物语名作。读完醒来后，他还有些伤感。

少女不知道怀孕了，也没有想过去堕胎，大概只是一直在思慕被迫分别了的少年。这情景不自然，也不纯真。

梦里忘记的内容后来想不起来了。此外，阅读物语时的感情也是一种梦。

梦中的少女应该有名字，好像在哪儿见过，但现在只模模糊糊地记得少女的体态，准确地说是她那小体格。她好像穿着和服。

信吾觉得梦中的少女像是有着保子那美丽姐姐的容貌，但感觉又不像。

梦的根源，只不过是昨天晚报的报道罢了。

"少女生下双胞胎，青森奇闻（春心萌动）"这一大标题下，写的是："据青森县公众卫生科调查显示：县内依据优生保护法产生的人流者中，十五岁五名，十四岁三名，十三岁一名，高中生中从十六到十八岁之间有四百名，其中高中生占了百分之二十。此外，怀孕的初中生中，弘前市一人，青森市一人，南津轻郡一人，而且由于性知识缺乏，虽然经过专业医生治疗，但仍有百分之零点二死亡，百分之二点五患上了重症，导致了如此可怕的结果。此外，偷偷让正规医生以外的人来处理而致死的（年轻母亲）生命，实在令人寒心。"

此外还写了四个分娩的实例：去年二月，北津轻郡初二学生在十四岁时忽然觉得快要分娩，后来生下双胞胎。母子平安，母亲还在上初三。父母根本不知道孩子怀孕。

青森市十七岁的高二学生和本班男同学相约未来，去年夏季怀孕。双方父母认为他们还是少男少女，就让做了人流。不过，那少年说"我们可不是玩闹，我们最近就要结婚"。

这个报道让信吾很是震惊。因此睡着之后，才做了少女堕胎的梦。

不过，信吾的梦不是丑化或邪恶化少男少女，而是作为纯真的爱情故事，并将女孩视为"永恒的圣女"。在睡觉之前，他根本没想到这事。

信吾的惊讶，因梦而变得美丽。这是为什么呢？

可能是信吾在梦中救了堕胎少女，也救了自己吧。

总之，梦里充满善念。

信吾回想，难道是自己的善念在梦中被唤醒了？

此外，莫不是渐行渐老的过程中对摇曳着的青春的留恋，让自己梦到少男少女的纯真之爱？信吾体味着这样的感伤。

也许是因为有了这梦后的感伤，信吾才首先凭借善意去听修一那低吟般的呼声，并从其中感受到爱和悲哀吧。

三

第二天早上，信吾在被窝里就听到菊子在摇晃修一起床。

信吾最近醒得早，却被爱睡懒觉的保子责备说"你爱逞强起这么早，会遭人嫌的"，这令他感到困惑。他觉得自己比儿媳菊子起得早，确实是自己不对，于是悄悄打开玄关门拿完报纸就返回来，然后在被窝里悠然地观阅。

修一像是去了洗手间。

他把牙刷伸进嘴里想要刷牙，可能是感到不舒服吧，嘴里发出喀喀的声音。

菊子小跑着进了厨房。

信吾起床了。他在廊下遇到了从厨房返回的菊子。

"啊，爸爸。"

菊子差点碰到信吾，她赶紧停下了，脸马上红了。右手的杯子好像洒落了什么，可能是为了去拿帮修一解宿醉的东西，她应该去厨房取冷酒了吧。

此时的菊子没有化妆，稍显苍白的脸变红了，睡眼中透着羞涩，没有涂口红的素唇中露出漂亮的牙齿。她羞赧的微笑，让信吾感到很可爱。

菊子身上竟然还保留着如此的童真之趣？信吾想起了昨晚的梦。

不过想一想，报纸上出现的那个年龄的少女结婚生孩子也没什么稀奇的。早婚的古代，这种情况很多。

在这些少年的年纪，信吾自己还曾暗恋过保子的姐姐呢。

知道信吾坐在餐室后，菊子赶忙打开那里的木板套窗。

春意盎然的晨光照射了进来。

菊子对耀眼的阳光感到诧异，她觉察到信吾好像在后面看她，于是用双手举到头部，扎紧了凌乱的头发。

神社的大银杏树还未发芽，早晨的阳光与嗅觉中，似乎都能感受到树芽的香味。

菊子很快装束完毕，把玉露沏好端来。

"爸爸，让您久等了。"

起床后的信吾，要喝开水泡的玉露。因为水热，沏茶反而更不容易。菊子倒是很会把握沏茶的火候。

信吾心想要是未婚的姑娘为自己沏茶，那种感觉可能会更好。

"给醉鬼醒酒，给老头沏玉露，菊子可怪忙的呀。"信吾开玩笑说。

"呀，爸爸，您都知道啦？"

"我那时醒着的。刚开始我以为是泰路在低吟。"

菊子低着头坐下，像是并不容易再站起来的样子。

"我比菊子更早被吵醒。"房子在拉门里面说，"那讨厌的低吟声，让人感到很不舒服。我知道不是泰路在叫，而是修一。"

房子穿着睡衣，边让小女儿国子吃奶，边走向餐室。

房子长得不好看，乳房却很白，很好看。

"喂，你穿得像什么样子，邋里邋遢的。"信吾说。

"是因为相原邋遢，我才不知怎么的也变邋遢了。嫁给了邋遢的男人，就变得如此邋遢，我哪有什么办法呀。"

房子一边抱着国子从右乳换到左乳，一边执拗地说："既然您讨厌自己女儿这么邋遢，那当初把我嫁人之前，是不是该了解一下对方邋不邋遢。"

"男人和女人不一样呀。"

"一样的。你看看修一！"

这时，房子正准备去洗手间。

菊子伸出双手，房子却粗鲁地把孩子塞给她，孩子也哭了。

房子也不理会，走向了里面。

保子洗完脸，来到跟前。

"给我吧。"她把孩子接过来。

"这孩子的父亲也不知道想干什么。房子你从除夕回到娘家都两个多月了，你爸说你邋遢，可他在节骨眼上岂不更邋遢？除夕夜都说过'行了，分明是要离了嘛'，可他还那样拖拖沓沓不管不顾。相原也不来给个话。"

保子边看着手里抱着的孩子边说："之前在你身边工作过的谷崎那孩子，听修一说好像是半个寡妇，照这样房子也算是半个离婚回娘家的人了。"

"半个寡妇是什么意思？"

"虽然还没结婚，可心爱的人却战死了。"

"可是，谷崎在战争时期不还是个孩子吗？"

"按虚岁算，都十六七了吧。那时，她应该有了一生挚爱的人。"

信吾没想到保子会说出"一生挚爱的人"这样的话。

修一没吃早饭就出去了。可能是心情不好吧，他出去都晚点了。

信吾在邮递员来之前，一直在家里磨磨蹭蹭。菊子放在信吾面前的信件里，有一封是别人写给她的。

"菊子。"信吾把信给她。

可能菊子没看收件人姓名，就直接把信拿给信吾了吧。菊子几乎没收到过信，好像也没等过信。

菊子当场就读起信来，她说："这是朋友的信。信中说自己做了流产，后来恢复得不好，于是进了本乡的大学医院。"

"啊？"

信吾摘下老花镜，看了看菊子说："是不是黑市的接生婆给接生的呀？那也太危险了。"

晚报的报道和今早的信让信吾觉得很是巧合，他甚至做了堕胎的梦。

信吾感到了一种引诱，他想将昨夜的梦告诉菊子。

不过他没说出来。他看到菊子就觉得自己内心青春激荡，忽然他联想到菊子也怀孕了，莫不是她也想做人流？信吾惊到了。

四

电车通过北镰仓的山谷时，菊子眺望远处，惊奇地感叹说："梅花都开了呀。"

此时的北镰仓，车窗近旁会有好多梅花，不过信吾每天都看，已经并不稀罕了。

梅花的盛期已过，在太阳下，白色的花朵开始衰败。

"我们家院子里不也有正在开花的嘛。"信吾说。不过只有两三株，而且菊子今年可能是第一次看到梅花吧。

正如菊子很少收到信件一样，她外出的次数也极少，一般只是步行去镰仓的街道买东西。

这次菊子要去大学医院看望朋友，因此和信吾一起出门了。

修一的外遇家位于大学前，信吾有些不放心。

此外，菊子有没有怀孕，信吾一路上都想问问。

这虽然不是什么不便询问的事，可信吾好像还是难以启齿。

有关女性的生理期，他从妻子保子那里已经好几年都没听到过了。过了更年期，保子就什么都不说了。之后便没有了这方面的健康忧虑，毕竟已经彻底绝经。

保子不说，信吾也就忘记了。

信吾打算问菊子，这才想起保子。

菊子去医院妇产科的事如果保子知道，她可能会让菊子顺便去检查一下身体。

保子向菊子聊过孩子的事，而信吾也曾见过菊子痛苦地倾听。

菊子肯定对修一坦言过自己的身体情况。男人接受女人的坦言，对女人来说是绝不可少的。如果女人有了其他男人，她在说真话时就会犹豫。信吾从昔日旧友那儿听过这种说法，他如今还记得，而且十分钦佩。

有时，亲女儿都不向父亲说实话。

有关修一外遇的事，信吾和菊子至今都相互有意避开不谈似的。

如果菊子怀孕了，那可能是受到修一外遇的刺激，变得成熟了吧。虽然此事令他厌烦，但信吾心想这可能就是人间常态吧。

据此来问菊子有关孩子的事，他觉得都有些残忍。

"雨宫家的老爷爷昨天来过，您从妈那儿听说了吧？"菊子忽然说。

"没有，我没听说。"

"他决定返回东京，过来辞行。他希望照顾好泰路，然后送了两大袋子饼干过来。"

"是喂狗的饼干？"

"嗯。应该是。妈说了，另一袋人也能吃。雨宫的生意不错，听说还扩建了场地，老爷爷好像很高兴呢。"

"是呀。商人能很快把房子卖掉，接着又马上重建新房子。我却是十年一成不变，每天只是乘坐横须贺线得过且过。前段时间饭店有个聚会，因为是老人的聚会，所以都是谈一些几十年不变的话题，听着都心烦，提不起精神。要欢迎的人是不是要来了？"

菊子恍然间似乎没明白"要欢迎的人"的意思。

"我想说的是我要到阎王那儿去，告诉他：我们人生的某一阶段又没罪。对，是人生的某一阶段。活着的时候，人生的某一阶段受整个人生的牵连而被惩罚，岂不很残酷？"

"可是……"

"是的。什么时代什么样的人，终其一生才能活得通透呢，这也值得怀疑。比如，那家饭店看管鞋子的人，每天只是把客人的鞋子拿出来或放进去。有的老人就信口说人生有段这样的经历反而挺快乐。可是问了女服务员，才知道看管鞋子的老大爷也挺辛苦的。四方形的鞋架位于地窖般的地方，他要一边叉开腿跨着火盆取暖，一边为客人擦鞋。要知道门口的地窖可是冬冷夏热。咱家你妈，也喜欢谈养老院的话题。"

"您是说我妈吗？不过，我妈说的和年轻人常挂在嘴边的'我想死'不是一个道理吗？这本来就是从容不迫的态度嘛。"

"她说自己要比我活得久，口气还挺自信的呢。不过，你说的'年轻人'指的是谁？"

"指的是谁呢……"菊子沉默了，接着说，"我朋友在信上也写过。"

"是今天早上的信？"

"嗯。她还没结婚。"

"哦。"

信吾不再言语，菊子也不再继续。

当时，电车正好从户冢开出。户冢到保土谷之间的距离很长。

"菊子。"信吾喊她说，"我此前就在琢磨，你们有没有搬出去住的想法？"

菊子看着信吾的脸，在等他继续说，然后用带着倾诉的口吻说："为什么呢，爸？是因为姐姐要回来吗？"

"不是。和房子没关系。房子这种半离不离的处境让你很受苦，不过就算她和相原离婚，应该也不会在咱家长待的。这和房子没关系，只是你们两个的事。你们搬出去住不是更好吗？"

"不。我个人觉得爸爸对我很好，我乐意和您住在一起。如果离开您身边，我的心可能会没着落的。"

"你的话真是暖人心田呀。"

"哎呀，我跟您撒娇呢。我是家里的小女儿，撒娇惯了，可能是在娘家也受到了父亲的宠爱吧。我喜欢和爸爸住在一家。"

"你父亲很疼爱你，我心里清楚。而我，因为你的存在，我都不知得到了多少慰藉。如果你搬出去，我会感到孤寂。然而，修一做出了那种事来，至今我都没和你商量。我是一个没有资格再和你住下去的父亲。从此你们两个单独住，两个人就容易解决问题，你说呢？"

"不。即使爸爸什么都没说，我仍然很清楚您关心我的事，并给予我宽慰。我深为感动，才愿意一直这样住下去。"

菊子的大眼睛里含着泪水。

"如果让我们搬出去住，我会很害怕的。我一个人怎么都没法安静地待在家里，我会孤独、痛苦、害怕……"

"你一个人先待一待看吧。不过，这种话题不应该出现在电车里。要不你先好好考虑考虑。"

菊子可能是真的有些恐慌，她的肩膀似乎在颤抖。

在东京站下车后，信吾让出租车把菊子送去本乡。

是被娘家的父亲疼爱惯了，还是如今情感被打乱了，菊子觉得这没有什么不自然。

这时修一的外遇不可能现身在路上行走，但信吾仍然感到了这种危险存在，所以他停车一直目送菊子走进大学医院。

春 钟

一

繁花盛开的镰仓，佛都七百年祭期间寺庙的钟声整日鸣响。

不过，信吾有时也听不见。菊子无论是起身劳作还是说话时都能听见，而信吾要是不仔细听就听不见。

"您听。"菊子招呼信吾。

"又响了。您听。"

"是吗？"

信吾歪着头问保子："你能听见吗？"

"我能听见。你听不见吗？"保子不想理他。她将五天来积累下来的报纸放在膝盖上，悠然地读着。

"响了，响了。"信吾说。

听见了一次，后面就容易听见了。

"一说能听见，瞧把你高兴的。"保子摘下老花镜，看着信吾。

"像这样每天都撞钟，寺里的和尚也挺累呀。"

"撞一次十元，是让参拜者撞的呀，不是和尚。"菊子说。

"这可真是个明智之举。"

"据说叫供养钟……好像是要计划让十万甚至百万人去撞呢。"

"计划?"

信吾觉得这个说法很奇妙。

"可是,寺庙的钟声有阴气,挺烦人的呀。"

"是的。可能有些阴气吧。"

四月的某个周末,在餐室边看樱花边听钟声,信吾觉得很是惬意。

"所谓七百年,是关于什么的七百年? 大佛有七百年了,日莲上人也有七百年了。"保子问。

信吾回答不上来。

"菊子知道吗?"

"不知道。"

"真不可思议,我们住在镰仓竟然都不知道。"

"妈妈膝盖上的报纸,有没有什么新报道呢?"

"应该有吧。"保子把报纸递给菊子。报纸折叠得很认真,放置得很规整,她自己手里只留了一张。

"想起来了。我好像也在报纸上看到过。读到年迈的老夫妻离家的事,就感同身受,这件事就深深地印入脑海。你也读到了吧?"

"嗯。"

"被誉为日本游艇界恩人的日本划船协会副会长……"保子

把这篇报道念了一半，接着就用自己的话说，"这个人也是创办小型船舶和快艇公司的社长，今年六十九岁，妻子六十八岁。"

"这个怎么会让你感同身受呢？"

"报道中还有养子夫妇和孙子的遗书呢。"

保子接着读起来："一想到仅仅活着，然后被世间忘却的凄惨的样子，就不愿活得那么长久。我们很理解高木子爵的心境，一个人在大家的关爱中逝去是最好的结局。我们享受过家人的深爱和众多朋友、同辈、后辈的友情，就应该离开了。这一段是写给养子夫妇的内容。对孙子是这么说的：虽然日本的独立日临近了，但前途依然黯淡。担心战争惨祸的年轻学生要是希望和平，就得彻底实行甘地式的不抵抗主义。我们知道你们向着自己认为正确的道路前进，但由于年迈我们已经力不从心了。徒劳地等待（令人讨厌的年龄）到来，这样活着必会蹉跎。我们想给孙子们留下好爷爷、好奶奶的印象。要去哪里，我们并不明白，只希望能够安眠而已。"

读到这里，保子沉默了。

信吾转过头，看了看院里的樱花。

保子边读报边说："他们离开东京的家，去了大阪的姐姐那里，之后便不知所终……大阪的姐姐，已经八十岁了。"

"妻子没留遗书吗？"

"什么？"

保子吃了一惊，抬起头来。

"妻子没留遗书吗？"

"妻子？你是说他夫人吗？"

"那当然了。两人一起赴死，妻子也应该留下遗书。比如，我和你一起殉情，你是不是也会写下某些遗言，对吧？"

"我不需要，"保子回答得很干脆，接着又说，"男女都写，那是年轻人的殉情方式。据说那是因为对两人不能在一起而感到悲观……要是夫妻的话，只要丈夫写就行了。至于我，如今哪还有什么遗言要留呀。"

"这样呀。"

"我一个人死的话，那就另说了。"

"一个人死，那岂不是悲恨如山呀。"

"都到了这般年纪，就算有也没关系啦。"

"你是不想死，也不会死，这只是你悠然的揶揄而已。"信吾又笑着问，"菊子呢？"

"是叫我吗？"菊子像是有些犹疑，缓缓地低声说。

"如果你和修一殉情，你自己会留下遗书吗？"信吾一不留神说出口，又觉得唐突了。

"不知道。要到那时候，也不知道会怎么样。"菊子把右手拇指伸进腰带间，像是边松腰带边看信吾。

"我觉得要给爸爸您留下点遗言。"

菊子的眼睛带着稚气，由湿润变成了泪水。

保子并没有想到死，而菊子却未必没有。信吾感受到了这一点。

菊子身体前屈，以为她要哭倒在地，不想却起身离开了。

保子看她走后说："真奇怪，有什么可哭的呢？这样会得癔症的，癔症你懂吧。"

信吾解开衬衫的扣子，把手贴在胸上。

"是不是心跳得厉害？"保子问。

"不是，是乳头痒。乳头发硬，又有点痒。"

"你真像是十四五岁的女孩子。"

信吾用左手指尖揉弄着乳头。

夫妻一起自杀，而丈夫写遗书妻子却不写，那妻子是让丈夫代写，还是两人写在一块儿呢？听到保子读报，信吾对这一点有些疑惑，也很有兴趣。

是因为常年相守一体同心，还是因为年老的妻子连自己的个性和写遗言的机会都丧失了呢？

妻子本不应该死，可因为丈夫的自杀而殉情，自己要说的话也被包含在丈夫的遗言中，难道她不会留恋、悔恨和迷茫吗？太不可思议了。

不过，现在信吾的老妻却说要是殉情的话她也不需要写遗言，只要丈夫写就好了。

什么也不说而只是陪伴男人去死的女人很多，当然男女倒过来的情况也不是没有，但多数情况下都是女人依从男人。这样的女人如今已经衰老，而且就在自己身边。对此，信吾感到有些惊异。

菊子和修一两人虽然在一起的时光尚短，但眼下却已满是波澜。

对于这种处境的菊子，竟然去问她要是和修一殉情的话她自己不留遗书可以吗之类的话，这种问法也太过冷酷了，这样是伤害了菊子。

信吾觉得，菊子站立在危险的深渊边缘。

"菊子向你撒娇，所以你问那些事她就落泪了。"保子说。

"你呀，只是心疼菊子，却不为她解决关键问题所以才这样。房子的问题，不也一样吗？"

信吾欣赏着院子里开满的樱花。

那棵巨大的樱花树根部，八角金盘长得很茂盛。

信吾不喜欢八角金盘，本来打算在樱花盛开之前把八角金盘全部除掉，可是今年三月雪多，不料花都已经开了。

三年前，他曾经除过一次，没想到反而蔓延开了。当时他就想着连根拔起，如今看来要是那样做就对了。

被保子一说，信吾觉得八角金盘那深绿色的叶子更加令人讨厌了。如果没有这群八角金盘，樱花树的粗大枝干就是一枝独秀，枝条向外延伸也不会受到影响，枝头更会向着四方低垂开来。不过即使有八角金盘，樱花树还是长起来了。

而且，竟然开出了这么多花。

沐浴着午后的阳光，樱花在空中纵情飘舞。虽然颜色和花形不很明显，但给人漫天飞扬的感觉。现在花开正盛，想象不出它会凋零。

然而，樱花一瓣又一瓣地不断散落，树下已经落花成堆。

"哎呀，本来以为只有年轻人被杀或自然死亡的消息会出现在早报纸上，没想到有关老年人的信息也会出现呀。"保子说。

"在大家的爱戴中消逝"这则报道，保子好像读了两三遍。

"一位六十一岁的大爷打算把一名患有小儿麻痹的十七岁男子送到圣路加医院，他们离开栃木后，大爷背着那孩子陪他游览东京，但孩子无论如何都不愿意去医院，结果大爷用毛巾把他勒死了。这个事，报纸上都报道过吧。"

"是吗？我没看到。"信吾含糊地回应，自己心里却还想着青森县少女堕胎的报道，他甚至在梦里梦见过。

自己和年老的妻子，真是差别甚大呀。

二

"菊子。"房子喊道，"这台缝纫机总是断线，是不是出问题了？你帮我看看。是'胜家'牌，机子应该没问题，难道是我太笨了？还是我用的时候暴力了？"

"可能是坏了吧。我上学的时候用过，太旧了。"

菊子走进了缝纫机房，她说："不过，它听我的。姐姐，我来帮你吧。"

"是吗？里子总在旁边黏着我，我心里急匆匆的，差点把她的手都缝上。当然，手是不可能缝上，但这孩子把手伸到这儿，所以我看针眼的时候眼睛就犯模糊，感觉布料和孩子的手混在了一起。"

"姐姐，你这是太劳累了。"

"总之，确实令人来气。要说劳累，应该是你才对。我们家不受累的就只有爸和妈啦。提起爸爸，都过了花甲之年还说什么乳头痒，那不是开玩笑嘛。"

菊子从大学医院看望朋友回来后，为房子的两个孩子买了衣服料子。

如今菊子正在缝制衣服，所以房子对菊子心存感激。

不过，菊子刚替房子坐到缝纫机前，里子的眼睛里就露出不悦，她说："你让舅妈买布料，又替你缝衣服，是不是？"

房子一反常态向菊子道歉说："真不好意思呀。孩子在这方面和相原简直像透了。"

菊子把手放在里子的肩上说："你跟外公一起去看大佛好不好？那里有童男童女，还有跳舞的呢。"

被房子一劝邀，信吾也就出门了。

走在长谷的路上，烟草店门口的山茶花映入了眼帘。信吾买了一包香烟，并夸赞盆栽好看。盆栽里，开着五六朵八重多彩花。

烟草店的老板说八重多彩花不好看，盆栽的话只有山茶还算可以。说完，他就带信吾走进里院。里院有四五坪菜地，菜地前摆满了一排排盆栽。山茶树的枝干有力，是株老桩。

"不能让树太累，于是就把多的花给揪下来了。"烟草店老板说。

"这样做，花依然能开吗？"信吾问。

"花开得太多，所以只在合适的地方留了几朵。店门口的茶花，本来开了二三十朵呢。"

烟草店老板聊了养花的话题，而且还讲了镰仓人喜欢盆栽的传言。被这么一说，信吾想象到了商店街窗台等处经常摆放盆栽的情景。

"太感谢了！真是很有趣呀。"信吾正要走出店门，店老板说："也没什么好花，不过里面的山茶还过得去……即便有一盆盆栽，为了不让它凋零、枯萎，就要用心伺候，这可是治懒人的良药呀。"

信吾一边走，一边点起刚才买的香烟。

"烟盒上有大佛像，看来是为镰仓而造的呀。"说完，就将烟盒递给房子。

"让我看看。"里子踮起脚要拿。

"去年秋天，房子你离家出走之后有没有到过信州？"

"不是离家出走。"房子驳了信吾的说法。

"那时候，你在老家没见过盆栽？"

"没有。"

"我想起来了。已经是四十年前的事了。孩子老家的外公，也就是你妈的父亲喜欢盆栽。不过，你妈却对盆栽并不开窍，而且无心照管，所以外公就看中你姨妈，让她去照料盆栽。你姨妈是个美人，简直让我觉得她俩都不是亲姐妹。盆栽架上积了雪的一天早上，留着直发的姨妈穿着红色元禄袖清扫盆栽上的雪的样子，如今依然浮现在眼前。她体态窈窕，非常漂亮。信州很冷，呼出的气都是白的。"

白色的气息就像少女的柔情和芳香。

房子辈分不同，和她没关系也是好事。信吾忽然又陷入回忆之中。

"不过，刚才的山茶花，应该精心培养了三四十年吧。"

树龄确实相当老了。长在盆里，枝干上都长了树瘤，这得要好多年吧。

信吾心想保子的姐姐去世后，佛龛里的红叶盆栽应该有人管理，不会枯萎吧。

三

三人到达寺内，看到童男童女队列正游行在大佛前的石板路上。他们看起来像是从远处走来，有的童男童女已经面露倦容。

人墙后面，房子抱起里子。里子的目光停留在身着绣花长袖和服的童男童女身上。听说与谢野晶子的歌碑就建在这里，往里走后发现，碑上像是刻着放大后的晶子的字迹。

"还是写成释迦牟尼比较好……"信吾说。

不过，房子没听过这脍炙人口的和歌，让信吾觉得趣味索然。晶子的和歌原文是：镰仓有大佛，乃是释迦牟尼美男子。

然而信吾说："大佛不是释迦牟尼，其实是阿弥陀佛。作者把两者弄错了，所以和歌后来也改了。现在通行的和歌一般把释迦牟尼说成阿弥陀佛或大佛，这样和歌节奏就会变差，而且'佛'字还会重复出现。就这样制成歌碑，肯定是错的。"

歌碑的旁边撑着幕帐，里面有淡茶招待。房子从菊子那儿接过茶票。

信吾看着露天之下的茶色，他以为里子要喝，可里子却用一只手抓住茶碗的边缘。那是个喝茶用的毫不起眼的茶碗，信吾帮她扶住，告诉她说："很苦哟。"

"苦吗？"

里子在喝茶之前，表现出一副很苦的样子。

跳舞的少女走进了幕帐，其中一半坐在入口的长凳上，其余少女则向前挤坐在一起，就像要叠罗汉一样。她们化着浓妆，穿着长袖和服。

少女们的后面，两三株小樱花树花儿正盛。花色不及和服长袖的颜色那么艳，看起来很淡。对面稍高的树木的绿叶上，日光照耀。

"水，妈妈，水。"里子一边看着跳舞少女，一边说。

"没有水，回家之后再喝吧。"房子安慰她。

信吾忽然也想喝水。

三月的某一天，信吾在横须贺线的电车上，看到品川站站台的自来水管旁有个和里子大小差不多的女孩在喝水。一开始，她拧开水龙头，水就喷涌上来，女孩吓了一跳，然后笑了。她的笑脸很是可爱。后来，母亲帮她调整了一下水龙头。看着她喝得甜美的样子，信吾感觉到今年春天的来临。当时的场景，让信吾想起了这一桩事。

看到身着舞服的少女，里子和自己都想喝水，这又是什么原因使然呢？信吾正在思考，里子又嚷嚷起来："衣服，给我买衣服，我要衣服。"

房子站了起来。

在跳舞少女的正中，有一个比里子大一两岁的少女。她把眉毛描得又粗又短而且偏低，很是可爱，水灵灵的眼睛边施上了红色。

里子被房子牵着手，却一直看着那个孩子。走出幕帐时，里子就想靠到她边上去。

"衣服，我要衣服。"里子嚷嚷个不停。

"在你三岁、五岁、七岁时，外公会给你买衣服的。"

"这孩子，自打生下来之后，就没穿过和服，只用过尿布。就连尿布，都是用旧浴衣改来的，或用和服的碎布头拼做的呢。"房子像是话中有话。

信吾在茶店休息，要了杯水。里子则咕咚咕咚地喝了两杯。

出了大佛寺走了一阵，看到一个穿和服的跳舞女孩由母亲牵着手，像是急忙要赶回家的样子，从里子旁边匆匆走过。信吾心想这下糟了，于是抱住里子的肩，可是为时已晚。

"我要衣服。"里子想要抓那女孩的袖子。

"讨厌！"女孩刚甩开，却踩住长袖向前跌倒了。

"啊！"信吾惊叫了一声，捂住了脸。

孩子被轧了！信吾只听见了自己的叫声，但好像又有好多人同时在叫。

车紧急停下来。受惊后呆立的人群中，有三四个人跑了过来。

女孩猛然站起来，紧紧抱住母亲的衣服下摆，像点燃的火一样大哭起来。

"太幸运了，太幸运。刹车好，得亏是高级轿车呀。"

有人说："要是破车，可就没命了。"

里子抽搐似的翻着白眼，表情很是可怕。

房子不停地向女孩母亲道歉，问女孩有没有受伤，长袖有没有破。女孩母亲神态木然。

长袖和服女孩停止哭泣后，脸上浓重的白粉变了样，不过眼睛却像冲洗过一样闪动着光亮。

信吾默默地回家去了。

国子哭声响起，菊子唱着摇篮曲哄着孩子出门迎候。

"对不起呀，把孩子弄哭了，我真不中用。"菊子给房子说。

不知是受到妹妹哭声的影响，还是回到家后精神放松了，里子也哇哇地哭了起来。

房子没有理会里子，她把国子从菊子那儿接过来，敞开孩子的胸。

"哎呀，冷汗都把胸口弄湿透了。"

信吾稍稍抬头看了一眼良宽"天山大风"的匾额后走了过去。这是在良宽的作品还比较便宜时买的，但是个赝品。别人点拨他后，他才知道真相。

"还看了晶子的歌碑呢。"他告诉菊子。

"晶子的字，写着释迦牟尼……"

"是吗？"

四

晚饭后，信吾独自离开家，走到和服店和旧衣店瞧了瞧。

不过，并没有找到适合里子穿的和服。

没找到，却越发惦记了。

信吾感受到了漆黑的恐怖。

女孩子即便幼小，看到别的孩子穿着华丽的和服时也会那么想要吗？

里子的羡慕和欲望是比普通的孩子稍微严重，还是异常明显？信吾觉着，这可能是她过于迷恋。

如果那位身穿舞蹈服的女孩被车轧死的话，如今会怎么样的？美丽女孩穿着长袖和服的样子，在信吾的脑海清晰地浮现出来。那样的好衣服，不可能出现在这样的店里。

不过，要是不买就回家，信吾觉得连道路仿佛都会变得黑暗无光。

保子不会只用旧浴衣给里子做尿布吧？房子的话有些埋怨，但应该不会说谎。难道保子没给里子做过襁褓或者在她满月时初次参拜本地方保护神的和服？房子有没有可能希望孩子穿洋装呢？

"我忘了。"信吾自言自语。

他忘了保子是不是跟他商量过这事。如果信吾和保子更多地关心房子，那么这位其貌不扬的女儿也有可能生出可爱的孙子来。某种无法摆脱的自责中，让信吾觉得脚底沉重。

"要知道前世的身份，就没有应该伤心的双亲。要没有双亲，就没有用心牵挂的孩子……"

某首歌谣的这一段，虽然浮现在信吾的心头，但也仅仅是浮现而已，还达不到黑袈裟僧人那样的悟道水平。

"前佛既去，后佛尚未出世，生于梦中，当思清醒。偶然间，承担起了难以承担的皮囊。"

想要去抓跳舞女孩的里子那凶恶、狂暴的性格，是继承了房子的基因，还是继承了相原的基因呢？要说是继承了母亲房子，那到底是来自房子的父亲信吾，还是母亲保子呢？

如果信吾和保子的姐姐结婚的话，可能不会生下房子这样的女儿，也就不会有里子这样的外孙女吧。

真没想到，信吾像是追着不放一样，又怀念起了昔日的故人。

虽然已经六十三岁，但二十多岁就去世的保子的姐姐，依然比自己年长。

信吾回到家后，发现房子已经抱着国子睡了。

餐室和卧室之间的拉门开着，因此能看到里面。

信吾向里看了看。

"她们睡着了。"保子说，"房子说心一直扑通扑通，扑通扑通地跳，为了安静下来就吃了安眠药，这才睡着了。"

信吾点了点头说："把拉门关上行吗？"

"好的。"菊子站了起来。

里子紧贴着房子的背。不过，眼睛像是睁开着。她就是这样一个喜欢沉默的孩子。

信吾没有透露为里子买和服的事。

看来房子也没告诉母亲里子想要和服而遇到危险的事。

信吾去了客厅。菊子拿来炭灰。

"嗯，坐吧。"

"好，马上就来。"菊子起身出去，把水壶放在托盘上端来。拿水壶可能不需要托盘，不过她在旁边放着某种花。

"这是什么花？像是桔梗吧。"

"听说是黑百合……"

"黑百合？"

"嗯。是研习茶道的朋友送我的。"菊子一边说，一边打开信吾背后的壁柜，并拿出了小花瓶。

"这是黑百合？"信吾感到十分稀奇。

"据那朋友说，今年千利休的忌日，博物馆的六窗庵里、茶道远川流派的宗家在席间插的就是黑百合和白忍冬，那真是好看呀。而且插在了古铜色的细口花瓶里……"

"哦。"

信吾看着黑百合。一共两株，每株都开了两朵。

"今年春天，下了十一次还是十三次雪吧？"

"雪可真多呀。"

"听说早春的千利休忌日，雪就下了三四寸厚呢。黑百合也因此变得更加稀罕了。它好像属于高山植物。"

"颜色近似于黑山茶花。"

"嗯。"

菊子给花瓶装入水。

"今年千利休的忌日好像还展出了利休的辞世书和切腹短刀。"

"是吗？你那朋友是茶道师吗？"

"是的。她是位战争遗孀……此次活动让她把以前的擅长点发挥了出来。"

"她是什么流派？"

"官休庵。是武者小路千家流派。"

信吾不懂茶道，所以并不清楚这些细节。

菊子等待着想要把黑百合插入花瓶，可信吾却拿着花不放。

"开的花稍微有些垂落，不会是枯萎了吧？"

"不会，都放进水了。"

"桔梗也是垂落着开花的。"

"啊？"

"我觉得黑百合比桔梗的花小，对不？"

"我也觉得。"

"打眼一看像是黑色，实际并不是，像是深紫色，又算不上紫色，就像加入了浓浓的胭脂。明天白天再好好看看吧。"

"太阳底下，能透出带红的紫色来。"

开花之后，大小好像不足一寸，大概七八分的样子。花瓣有六个，雌蕊的尖有三段，雄蕊有四五株。叶茎一寸左右，分几段向四方延伸。百合叶小，大概有一寸到一寸五分长。

信吾接着闻了闻花，漫不经心地说："是种令人讨厌的女人的腥臊味呀。"

当然，这和淫邪无关，但菊子却眼圈变红，低下了头。

"香味令人感到失望。"说完，信吾又改变了口吻说，"你闻闻？"

"我可不想像您一样一探究竟。"

菊子边把花插入花瓶边说："若是在茶道上，插四朵花就太多了。您看看我这样插行吗？"

"哦，就那样吧。"

菊子把黑百合放在地板上。

"那个壁柜上放花立架的地方放着面具，你能不能帮我拿出来？"

"好的。"

信吾的脑海中浮现出谣曲的一节，于是想到了能面。

拿过慈童面具，他说："这像是妖精，是永恒的少年。我买的时候说过吧？"

"没有。"

"公司有位叫谷崎的女孩，我买完后让她戴过。戴上后看起来很可爱，挺惊艳的。"

菊子把慈童面具放到脸上。

"这个纽带是要系在后面吗？"

透过面具的眼睛，菊子肯定是用瞳孔在看着信吾。

"要是不动的话，表情就表现不出来。"

买回来的那天，信吾几乎要和这个大红色的可爱嘴唇接吻，并在当时感到了天使邪恋般的心跳。

"虽是树根土里埋，心花依然在。"

这样的话好像谣曲里出现过。

菊子戴上妖娆少年的面具，做出各种动作，信吾却看不下去了。

菊子的脸比较小，下巴几乎都被面具遮挡了，泪水却从那似见非见的下巴流到咽喉。泪水流成两条，三条，不停地流着。

"菊子！"信吾喊道。

"你和修一分手后是不是觉得即使当个茶艺师都行，这是你今天见到那位朋友后所想到的吧？"

戴着慈童面具的菊子点了点头。

"就算分手，我也想待在爸爸您的身边，为您沏茶倒水。"面具之下，菊子回答得很干脆。

信吾忽然听到里子的哭声。

院子里，泰路吠得厉害。

信吾感到不吉利。菊子想知道连周日都去了外遇家的修一是否回来，于是细听起大门方向的动静来。

鸟 巢

一

　　附近寺院的钟声，无论冬夏都是六点响起，而信吾无论冬夏，在听到钟声的清晨也都起得很早。

　　虽说起得早，但也未必就是离开被窝，只是早早睡醒而已。

　　不过，同样是六点，但在冬夏两季却极为不同。寺院的钟声一年到头都是六点响起，信吾觉得是固定的六点，但夏天的六点太阳都已经升起来了。

　　虽然大怀表放在了枕边，但打开灯戴上老花镜才能看得清，因此他很少看表。不戴眼镜的话，就分不清楚长针和短针了。

　　此外，信吾也没必要看了钟表再起床。他早早起来，反而不知道干些什么。

　　冬天的六点时间尚早，不过信吾却不会安然地躺在被窝，有时他会取来报纸看看。

　　自从女佣离开后，菊子就早早起来忙活开了。

　　"爸，您起得真早呀。"被菊子这么一说，信吾倒是觉得有些尴尬。

"嗯，还要再睡一会儿。"

"您先睡吧，水还没开。"

菊子起床后，让信吾感到了人气带来的安心。

不知何时开始，冬天的早上天还没亮就醒来，这让信吾感到了孤独。

不过春天一来，信吾睡醒后也能感到温暖了。

如今已经过了五月中旬，信吾听见了持续的钟声和老鹰的叫声。

"啊，它果然还在呀。"信吾自言自语，在枕上侧耳细听。

鹰在家的上方绕着大圈盘桓，后来好像飞向了大海。

信吾起床了。

他边刷牙，边仰望空中，但并没有发现鹰的踪影。

不过，那稚气未脱的优美声音，好像让信吾家的上方变得晴柔了。

"菊子，刚才是家里的鹰在鸣叫吧。"信吾朝着厨房问。

菊子把尚有余温的饭移到饭桶里。

"我没注意，没有听到。"

"看来，它还在咱家呀。"

"哦。"

"去年，它就经常鸣叫，但忘了是几月了，大概就是这个时间吧。我记性太差了。"

信吾起身看了看，菊子解开了头上的发带。

有时候菊子好像是系着发带睡觉的。

菊子把打开的饭桶盖放在那儿，就赶忙给信吾备茶。

"要说家里有鹰，那黄道眉也在呀。"

"哦，乌鸦也在呀。"

"乌鸦……"

信吾笑了。

要说鹰是"家里的鹰"，那乌鸦就应该是"家里的乌鸦"。

"本想着这房子只是有人在住，没想到还生活着各种鸟呀。"信吾说。

"跳蚤和蚊子，很快也会有呀。"

"可别胡说。跳蚤和蚊子不是咱家的住户，不能在咱家过年。"

"跳蚤冬天也有，可能会过年的。"

"不过，不知道跳蚤能活多久，说不定是去年的跳蚤。"

菊子看着信吾，笑了。

"那条蛇，这时候也应该出来了吧。"

"是去年把你吓了一跳的青蛇吗？"

"嗯。"

"听说它是这家的主人。"

去年夏天，买完东西回来的菊子在厨房门口看到那条青蛇，吓得她直打哆嗦。

听到菊子的叫声，泰路跑了过来，并疯狂地吠叫。泰路低下头，俨然一副要咬蛇的样子，忽地又退后四五尺，又再次扑过去准备攻击。如此来回多次。

蛇抬高头，吐出红色的芯子，它并不正视泰路，只是滑溜地移动，顺着厨房门槛就爬走了。

据菊子说，那条蛇的长度是厨房门的两倍多，也就是有近两米多长，而且比菊子的手腕还要粗。

菊子抬高声音，而保子却冷静地说："它是这家的主人呀。你来之前好几年它就在这儿了。"

"如果泰路咬了它，会怎么样呢？"

"那肯定是泰路输，它会被缠住的……泰路知道这一点，所以就是吠了几声而已。"

菊子哆嗦了好一阵，之后就不再从厨房后门通过，改走前门了。

那条大蛇是在地板底下还是天井上呢，想想都觉得可怕。

不过，它很可能在后山吧。好久都没看到了。

后山不是信吾的地盘，也不知道是谁的。

临近信吾家，陡峭的斜坡耸立着，对山上的动物来说，这里和信吾家的庭院似乎没有界线。

后山的花和叶子很多都落在院里。

"鹰飞回来了。"信吾自言自语，然后又抬高声音说，"菊子，鹰好像回来了。"

"真的呀。这次听到了。"

菊子朝天井的方向看了看。

鹰的叫声持续了挺长时间。

"刚才是飞到海那边去了吧？"

"声音好像是传向了海那边。"

"它可能是飞到海边捕食，然后又飞回来了吧。"被菊子这么一说，信吾觉得大抵确实如此。

"在它能看到的某个地方放点鱼给它怎么样？"

"泰路会叼走的。"

"那就放高点。"

去年和前年都是如此，信吾醒来一听到鹰的叫声，就感受到了一种亲切。

不仅仅是信吾，"家里的鹰"这一说法已经受到了家人的普遍认可。

不过，鹰到底是一只，还是两只信吾确实不清楚。只是有一年，他看到两只鹰在屋子的上方双双起舞。

更何况，同一只鹰的叫声怎么能持续好几年都听到呢？就没有可能是它的下一代？有可能是老鹰不知何时死去后小鹰一直在悲鸣吧。今天早上，信吾才忽然想到这种情况。

信吾他们不知道老鹰去年已死去，今年是小鹰一直在叫，却以为还是以前家里的那只。半醒而未醒时听到鹰叫，信吾觉得颇有趣味。

镰仓的小山很多，而这只鹰偏选在信吾家的后山上栖息，想来令人难以思议。

俗话说"难遇到而今天遇到，难听到而已经听到"，大概这就是鹰的写照吧。

不过，即便和鹰住在一起，人也只能单方面听见鹰的可爱声音。

二

在家里，菊子和信吾都习惯早起，早上两人也会谈些什么，而信吾和修一之间要是坦然地交谈，大概也只限于往返电车上吧。

信吾心想过了六乡的铁桥，很快就能看到池上的森林。在早晨的电车中欣赏池上的森林，已经成为信吾的习惯。

然而，他最近才发现看惯了多年的那片森林里，竟然多了两棵松树。

只有这两棵松树长得高耸挺拔。它们像是想要合抱的样子，上半部分互相靠拢，树梢几乎都有拥抱在一起了。

森林里只有这两棵松树如此高耸，所以即便不喜欢看，它们也会映入眼帘。然而，信吾此前竟没注意到。不过一旦注意到，这两棵松树必定会最先跃进视野。

早上，在风雨之中，两棵松树依稀可见。

"修一，"信吾喊他问，"菊子哪里不舒服？"

"没什么不舒服的呀。"

修一在看《周刊杂志》。

他在镰仓站买了两种杂志，一册给了信吾，不过信吾拿着却一直没看。

"她哪里不舒服？"信吾用温和的口吻继续问。

"她说是头痛。"

"是吗？听你妈说，菊子昨天去东京，傍晚回来之后就睡了，看样子有些不大寻常。你妈也觉察到菊子好像在外面遇到了什么事，连饭都没吃。你九点左右回来刚进屋那会儿，她不是强忍着在低声哭泣吗？"

"过个两三天就好了，不是什么大事。"

"是吗？头痛的话不会哭成那样吧？今天一大早，她不是还在哭吗？"

"哦。"

"房子带着吃的进去时，菊子好像极其反感。她掩住脸……房子却不停唠叨。我想问你这到底是怎么了？"

"听话音好像全家都在打探菊子的状况。"修一翻了翻眼睛说，"菊子偶尔也会生病的嘛。"

信吾生气地说："那到底是什么病呀？"

"流产了。"修一直接道了出来。

信吾震惊到了。他看了看前面的座位，座位上是两个美国兵，他一开始就觉得对方不懂日语，所以才和修一谈这番话。

信吾声音有些嘶哑地说："去看医生了吗？"

"看过了。"

"昨天吗？"信吾呆呆地小声低语。

修一也不再看周刊了。

"是的。"

"当天就回来了吗？"

"嗯。"

"是你叫她这么做的？"

"她自己要这样，她才不听我的。"

"菊子自己？你撒谎吧。"

"真的是这样。"

"为什么？为什么让菊子产生那样的念头呢？"

修一沉默不语。

"难道不是你的过错吗？"

"大概是吧。可她现在无论如何都不想要孩子，实在太犟了。"

"如果你阻拦她的话，总是能拦住的吧。"

"现在不行吧。"

"你说'现在'是什么意思？"

"正如您所了解的那样，总之我现在这个情况，不能要孩子。"

"你是说你有外遇，不能要？"

"算是吧。"

"什么叫算是吧！"

信吾怒火中烧，胸中憋闷。

"菊子那么做，几乎相当于自杀，你懂吗？那么做与其说是对你的抗议，不如说是她想自杀呀。"

修一被信吾的怒火吓到了。

"你扼杀了菊子的灵魂，再也换不回来了。"

"菊子的灵魂就是那样，很是倔强呀。"

"她难道不是女人，不是你的妻子吗？你的一个态度，一种温柔和安慰，菊子肯定会乐意生下孩子的。对于外遇，另当别论。"

"当然，也不能另当别论。"

"你妈想要抱孙子，菊子应该很明白。迟迟没生孩子，菊子不也觉得很难为情吗？她想要孩子，你却不让她生下来，这就相当于你扼杀了菊子的灵魂。"

"您说得也有些不对，菊子应该有自己的洁癖。"

"洁癖？"

"她连生孩子都觉得懊恼……"

"啊？"

那是夫妻间的事。

修一会让菊子感到那样的屈辱和厌恶吗？信吾有些怀疑。

"真是无法相信呀。说出那样的话，做出那样的举动，我觉得不是菊子的本意。丈夫竟然把妻子的洁癖视为问题，这难道不是证明对她关爱太浅吗？哪有把女人的任性当真的？"信吾有些失望。

"如果你妈知道孙子折了，她也会说你的。"

"不过，这样也就知道菊子能生孩子，妈妈也会放心了。"

"什么？你能保证以后还能生吗？"

"也可以保证。"

"这就是你不畏天、不爱人的证据。"

"您说得太复杂了，这不就是一件简单的事吗？"

"不是简单的事。你好好想一想，菊子哭得那么厉害，你不知道吗？"

"我不是不想要孩子，但如今两人的状态都比较差，我觉得这时候生不出来好宝宝。"

"我不清楚你所说的状态是什么，但菊子的状态并不差，状态差的只是你而已。以菊子的性格，就不可能出现状态不好的时候。因为你没有去消弭菊子的嫉妒，所以才丧失了孩子。也许，你对不住的不仅仅是孩子。"

修一惊诧地看着信吾的脸。

"你想一想吧，你在外面那个女人那儿大醉而归，把穿着泥鞋的脚放在菊子膝盖上让她给你脱。"信吾说。

三

那天，信吾因为公司的事而辗转银行，然后和银行的朋友出去吃了午饭，两人一直聊到下午两点半左右。他在饭馆给公司打了电话，就直接回家了。

菊子抱着国子，坐在廊下。

信吾的早归让菊子有些吃惊，正要起身时，信吾也来到廊下，他说："没事，坐着吧。你起身不便吧？"

"没关系的，我正要给孩子换尿布。"

"房子呢？"

"带着里子去邮局了。"

"她把孩子交给你，去邮局有什么事呢？"

"等一下哟，先让外公换个衣服。"菊子告诉国子说。

"没事没事，先给孩子换吧。"

菊子带着笑脸抬头看了看信吾，嘴里露出一排细密的牙齿。

"外公说先给你换哟。"

菊子穿着宽松的绢绸衣，系着伊达腰带。

"爸，东京的雨也停了吗？"

"你是说雨？我在东京站上车时还在下，但下车之后天气就好了。哪一块区域是晴天，我倒没注意。"

"镰仓刚刚还在下，雨停了之后，姐姐才出去的。"

"山都被下湿了。"

菊子把国子放在廊下后，孩子抬起光脚丫，用双手抓脚趾，让脚比手更自由地动起来。

"原来是在看山呀。"菊子擦了擦国子的屁股。

美国军机低空飞来。国子受到了惊吓，抬头看了看山。飞机飞走看不到，但飞机巨大的影子映射到了后山的斜坡。国子也应该看到了影子。

信吾忽然被孩子无意之间因惊吓而发出的眼睛的光亮而触动了。

"这个孩子不知道空袭。未经战争的婴儿，现在已经诞生了许多。"

信吾窥视着国子的眼睛。她眼里的光亮已经温和起来了。

"要是把刚才国子的眼神拍进照片就好了，还有山上飞机的影子。那么，下一张照片……"

大概是婴儿被飞机攻击，惨死了。

信吾正想要说出口，却想起了菊子昨天做完流产的事。

不过，这种空想中的两张照片中的婴儿，现实中必然难以胜数。

菊子抱起国子，单手将尿布捏成团，走进了浴室。

信吾一边想着自己是因关心菊子才早些回家的，一边返回餐室。

"回来得可真早呀。"保子也走了进来。

"刚才你在哪里？"

"我在洗头。雨一停，太阳猛地一照晒，头就发痒了。年纪大啦，头好像很容易发痒。"

"但我的头，却没有那么痒呀。"

"可能是你脑袋聪明吧。"保子笑着说，"我知道你回来，但我头洗了一半就出来，你可能会说吓死人了，然后把我骂一顿。"

"你那披散着的头发干脆剪掉算了，留成圆筒竹刷形怎么样？"

"还真是呀。不过，不仅仅是我这种老太婆，江户时代男女都留这种发型，就是将头发剪短束在脑后，然后再把束起来的头发扎成圆筒竹刷状。歌舞伎中也出现过。"

"不用扎在脑后，剪短后让头发垂下来就行。"

"这样也可以。不过，你和我的头发都比较茂盛。"

信吾低声说："菊子起来了吗？"

"啊，刚起来吧……脸色好像不太好。"

"最好不要让她看孩子了。"

"说了句'我先把孩子放到这儿'，房子就把孩子放在菊子的床边，转身离去了。因为当时孩子正在熟睡呢。"

"你把孩子抱过来不就行了吗？"

"国子哭的时候，我正在洗头呢。"

保子起身将信吾的换洗衣服拿过来。

"你今天回来早，我还以为你哪里不舒服呢。"

菊子从浴室出来后像是要进自己的房间，信吾叫住她说："菊子，菊子。"

"嗯。"

"把国子抱过来吧。"

"好的，马上过来。"

菊子拉着国子的手，带着她走过来。菊子此时系着腰带。

国子抓住保子的肩膀。正在用刷子刷信吾裤子的保子踮起脚，把国子抱进怀里。

菊子把信吾的西服拿走了。

放进隔壁房间的西服柜后，她缓缓地关上了柜门。

看到柜子内镜中自己的脸，菊子似乎吓了一跳。接下来是去餐室，还是去床上，她迷茫不定。

"菊子，你最好去睡一会儿吧。"信吾说。

"好的。"

信吾的话音在回响，菊子肩膀动了动。她没有回头看，就走进房间去了。

"你不觉得菊子的样子有点不对劲吗？"保子眉头紧锁。

信吾没有应答。

"哪里有问题，我也不太清楚。起来一走动，就像'吧嗒'要倒下一样，真让人担心呀。"

"是呀。"

"总而言之，修一干的坏事，必须想方设法处理才是。"

信吾点了点头。

"你和菊子好好聊聊好吗？我带着国子去接她妈妈，然后看看晚饭要备的东西。房子可真是……"

保子抱起国子离开了。

"房子去邮局是有事吧？"信吾问。保子也转过身来说："我也是这么想的。她是不是给相原寄信去了？他们分别都半年了……她回到娘家，都将近半年时间了，当时还是除夕夜。"

"要是寄信的话，附近就有邮筒呀。"

"她觉得从总局寄出可能会到得又早又准吧。或者是忽然想起相原，有些急切吧。"

信吾苦笑。他感受到了保子的乐观。

总之对一个到了年老仍在操持家庭的人来说，乐观的心态早已生根了吧。

信吾将保子看了四五天的报纸捡起来，他无心去看，只是扫了一眼，发现了一则"两千年前的莲子开花"这一奇闻：

去年春天，千叶市检见川弥生式古代遗址的原木船上发现了三颗莲子。据推测是大约两千年前的莲子。某位莲博士让它发了芽，并在今年四月将苗分别种在千叶农业试验场、千叶公园池塘和千叶市畑町的酒作坊三个地方。酒作坊的人好像参与过发掘。他们在锅里放满水种植，然后放置在院子前面。酒作坊的莲花最早开花，莲博士听到消息后迅速赶来，声声感叹"开花啦，开花啦"，并用手抚摸着美丽的花朵。报纸上说莲花从"酒壶型"变成"茶杯型"，最后开放成"盆型"之后就凋落了。上面还写着花瓣是二十四瓣。

戴着眼镜、头发斑白的莲博士手持盛开莲花花茎的照片，也出现在了这则报道的下面。重新读过报道后，才知道这位博士都六十九岁了。

信吾凝视了莲花的照片许久，然后带着报纸走向菊子房间去了。

那是菊子和修一两人的房间。菊子陪嫁的桌子上，放着修一的礼帽。菊子像是打算要写信的样子，礼帽旁边有些信纸。桌子的抽屉前，摆着一张刺绣。

好像散发着香水味。

"感觉怎么样？最好还是不要轻易起来吧。"信吾坐在桌旁说。

菊子睁开眼，看着信吾。她本来要起来，可被信吾一制止，她倒是觉得有些困倦，脸颊带上了红晕。然而，她额头煞白衰颊，眉毛看起来却很漂亮。

"两千年前的莲子开花的报道，你看过吗？"

"嗯，看过了。"

"看过了吗？"信吾自言自语，接着又问，"如果给我们说明白，你也不用如此勉强自己呀。那天当天就返回来，身体能受得了吗？"

菊子吃了一惊。

"上个月，说到孩子的话题……那时候，你已经知道自己怀孕了吧？"

菊子在枕上摇了摇头说："那时候我不知道。要是知道的话，有关孩子的话题，我就羞于启齿了。"

"是吗？修一说因为你有洁癖。"

看到菊子眼睛里含着泪水，信吾不再追问了。

"不去再看看医生吗？"

"明天吧。"

第二天，信吾从公司回来，保子就像等得不耐烦一样，她说："菊子回娘家啦。说是正在卧床……大概两点左右，佐川先生打来电话，房子出去接了，电话里说菊子回到了娘家，身体有些不适正在休息。因此希望先让她在娘家静养两三天，然后再回去。"

"是吗？"

"让修一明天就去看菊子——我让房子这么回复对方。那边好像是菊子妈妈接的电话。我问你菊子是不是回娘家躺着去了？"

"不是的。"

"那到底是怎么回事？"

信吾脱了外套，为了慢慢地松开领带，他边仰头边说："她把孩子打掉了。"

"啊？"

保子仰天惊叹。

"呀，竟然瞒着我们……确定是菊子？现在的人为什么这么令人惧怕。"

"妈，您还蒙在鼓里哪。"房子抱着国子走到餐室里说，"我都一清二楚啦。"

"你是怎么知道的？"信吾不假思索地诘问。

"这种事没法说呀，毕竟需要事后处理嘛。"

信吾没有再问。

都　苑

一

　　"我爸可真有趣。"房子一边粗手笨脚地把晚饭后的小碗叠放在盘子上，一边说，"相较于嫁过来的儿媳，他对女儿倒是很客气。对吧，妈？"

　　"房子，"保子告诫她说，"对呀，难道不是吗？菠菜煮过头了，就说煮过头了不就可以吗？也没有煮碎，还是菠菜原来的样子嘛。如果能用温泉煮就好了。"

　　"你提温泉是什么意思？"

　　"温泉不是可以煮鸡蛋蒸包子吗？镭温泉蛋，妈妈您吃过吗？蛋白硬，蛋黄软……据说京都的丝瓜亭中，不就有做得很好的吗？"

　　"丝瓜亭？"

　　"就是瓢亭呀。有关这个地方的事，就算穷苦人也该知道吧。煮菠菜，丝瓜亭可是行家里手呢。"

　　保子笑了。

　　"要是计算好镭温泉的热度和时间用它来煮菠菜的话，爸爸也会像大力水手那样，即使在菊子不在的时候，也能精神满满。"房子笑着说。

"真讨厌，想法太阴暗了。"

房子借助膝盖的力量，端起沉重的盘子，她说："帅气的儿子和漂亮的儿媳不在身边，连吃饭都不香了吧？"

信吾抬起头，目光与保子相视。

"可真能胡诌呀。"

"是呀。难道连聊天、哭泣都要顾虑那么多吗？"

"孩子哭那是没办法了。"信吾嘴巴微张，自言自语。

"不是说孩子，是说我。"房子踉踉跄跄地朝着厨房边走边说，"孩子哭闹，那是理所当然嘛。"

洗碗池里发出投扔餐具的声音。

保子立马站起来。

他们听到了房子的抽泣。

里子翻眼看了看保子，就向厨房跑去。

信吾觉得里子的眼神令人讨厌。

保子起身后，就抱住身旁的国子并放到信吾的膝上。她说了句"帮我看一下孩子"，就走向厨房。

信吾抱着国子，觉得很是柔软，就一股劲把她抱到怀里。他握着孩子的脚丫。中间细两头粗的脚脖子和肉嘟嘟的脚心，都落到了信吾的掌中。

"痒吗？"

孩子好像并没感到痒。

记得房子还是婴儿的时候，为了给她换衣服，信吾就让她光着身子躺着，还会挠她的胳肢窝。房子则缩鼻子，舞动手。这种情形，信吾偶尔也会想起。

婴儿时期的房子长得很丑这事，信吾则几乎不会谈及。一旦想要说出口，保子那美丽的姐姐的样子，就会浮现出来。

信吾期待孩子长大成人外貌能发生变化，可还是落空了，且这种期待随着年龄增长也日渐茫茫。

外孙女里子的长相比她的母亲房子要好，女婴国子也大有可能。

这么说，难道他是要在外孙女身上找到保子姐姐的容颜吗？信吾都觉得自己令人厌烦。

信吾虽然讨厌自己，但却被一种妄想所牵引，并让其感到震惊。那就是菊子流产了的孩子，也就是他失去的孙子，莫非是保子姐姐投胎转世？或者是这个世界无法赋予其生命的美人？

握住国子脚丫的手一松开，国子就从信吾的膝上下来，走向厨房去了。她双手交叉向前走，脚步并不太稳。

"小心点。"信吾话音刚落，国子就跌跤了。

她趴倒在前，又滚落在一边，许久都没哭出来。

里子拽着房子的衣袖，保子抱着国子，四个人都回到了餐室。

"妈，爸爸是真糊涂了吧。"房子一边擦桌子一边说，"他从公司回来，换衣服时无论是里面的衬衣还是外面的和服，都系到了左边，然后系好腰带站在那里，样子看起来真好笑。哪有这种穿戴法呀？这是爸爸第一次这样吧，太不对头了。"

"不是，以前也发生过一次。"信吾说，"当时，菊子告诉我说在琉球不管是向右还是向左系都可以。"

"啊？在琉球？允许那样吗？"

房子表情骤变。

"菊子为了让爸爸欢心，真是煞费苦心，厉害呀。琉球，真是那样吗？"

信吾压抑住怒火说："衬衫一词，原本是由葡萄牙语译过来的。在葡萄牙，不知道是向左还是向右系呢。"

"您是说菊子懂得东西多？"

保子像是要说和似的说："夏天的浴衣，你爸经常穿反呢。"

"无意间穿反和胡乱系到左边，可不是一回事呀。"

"你不信让国子自己穿和服试试，系到左边还是右边她哪里会知道。"

"爸爸返老还童，为时还早吧。"房子用不服气的口吻说，"妈，您看，我是不是太不被待见了？儿媳妇回娘家才一两天，爸爸也不该把和服系在左边吧。我这个亲生女儿，回娘家可都半年了呀。"

房子从雨天的除夕夜回来原来都将近半年了。女婿相原也没来给个话，信吾也没去找他。

"是有半年了呀。"保子附和，然后接着说，"不过你的事和菊子的事，没什么关系啦。"

"没有关系吗？我觉得我们两个都和爸爸有关。"

"那是因为孩子的事呀。你想让你爸帮你解决孩子的事吗？"

房子低下头没回答。

"房子，这个时候，你把想说的话全都一吐为快吧。这样心里就畅快了。刚好菊子也不在。"

"是我不对，我也没什么坦言的话，但不是菊子亲手做的饭，爸爸吃的时候就丝毫不言语。"房子又哭起来说，"难道不是吗？爸爸一声不吭，好像很难吃的样子，这让我很难过。"

"房子，你应该还有很多话要说吧。两三天前你去邮局是给相原寄信吗？"

房子有些吃惊，但摇头否定。

"你好像也不可能给其他地方寄信，所以我想到了相原。"

保子的话语前所未有地锐利。

"是寄钱去了吗？"保子瞒着信吾给房子零花钱的事，信吾觉察到了。

"相原在哪里？"

问罢，信吾转身面向房子，等她回应。

"他好像不在家。我每月都会派公司的人去看看情况。当然，与其说是看看情况，不如说是给相原母亲一点生活费。如果房子在相原家，相原的母亲可能就得由她照顾。"

"啊？"保子惊呆了，她说，"你派公司的人去了？"

"那是个不听闲话，也不说闲话的固执男人，你放心吧。如果相原在家的话，我想去和他商量一下房子的事，不过去见他那腿脚不便的母亲也没有什么用。"

"相原现在干什么呢？"

"好像是偷偷贩卖麻药还是什么东西吧，像是给人当下手。他从酗酒开始，最先成了麻药的俘虏。"

保子惊惧地看望着信吾。看得出相比相原，将此事隐瞒至今的丈夫更令她感到可怕。

信吾继续说："不过，相原腿脚不便的母亲好像已经不在家了，家里住了别人，房子已经没有家啦。"

"那么，房子的行李怎么办呢？"

"妈，柜子和行李都空了。"

"啊？就带一个包袱回到娘家，你可真是一个十足的老实人呀。哎呀……"保子叹气说。

是不是房子知道了相原的行踪才给他寄信的？信吾有所怀疑。

此外，没能阻止相原走向堕落，是房子，是信吾，是相原自己的责任，还是与谁都不相关呢？信吾看着暮色迟迟的院子。

二

十点左右信吾到公司后，发现有谷崎英子的信。

信的内容是"因为您儿媳妇的事我想来见见您，可时间不巧，我今后再来拜访"。

信中所写的"您儿媳妇"，当然就是菊子了。

信吾问了接替辞职的英子而到信吾办公室工作的岩村夏子。他说："谷崎大概什么时候来的？"

"哦，我出来擦桌子的时候吧，大概刚过八点的样子。"

"她等了一会儿没有？"

"嗯，等了一会儿。"

夏子习惯性地说"嗯"，这让信吾感到厌恶。这可能是她的乡音吧。

"她去见修一了吗？"

"没有。我觉得她没见就回去了。"

"是吗？要说是刚过八点……"信吾自言自语。

莫不是她到裁缝店上班之前顺便过来的吧？午休时分，估计还会再来吧。

信吾再次看了一眼大纸边上英子写的小字，开始凝视窗外。

这是最典型的五月天气，晴空万里。

信吾在横须贺线的电车上也看过这样的天空。当时，仰望天空的乘客把车窗都打开了。

掠过六乡河波光流水的鸟儿，银光闪闪。红色公交从北边桥上疾驰而过，看起来也并非偶然。

"天山大风，天山大风……"信吾虽然不由自主地反复回想着伪造的良宽匾额上的话，眼睛却看着池上的森林。

"呀。"他向左窗探了探身子。

"松树应该不是池上森林里的吧，它们好像离视线更近一些。"

高耸的两棵松树，今早看到时像是位于池上森林的前面。

莫非是春天或下雨的缘故，距离远近没那么清晰了？

信吾继续透过窗户往外看，他试图确认一番。

更何况他每天都在电车上眺望，因此也产生了去松树所在的地方一探究竟的想法。

不过，虽说是每天看，可发现那两棵松树却是最近的事。多年以来，他只是恍惚地望几眼池上本门寺的森林就随车通过了。

今天，他才第一次意识到那两棵挺拔的松树并非属于池上森林，这可能是因为五月早晨的空气澄澈明朗吧。

信吾再一次发现这两棵松树上半部互相靠拢，树梢如今几乎要拥抱在一起。

昨天晚饭过后，信吾说到寻找相原家并为相原母亲提供少许帮助的事，原本心有怨愤的房子一下子温和了起来。

信吾觉得房子可怜。他好像发现了房子内心的某些问题，但到底发现了什么，却不像池上的松树那么清晰。

说起池上的松树，两三天前在电车里看松树时信吾就问修一，修一这才道出了菊子流产的事。

看来松树已不单单是松树，它已经和菊子堕胎联系在了一起。往返上班途中每次看到这松树，大概就能让信吾想起菊子来。

今天早上当然也一样。

修一道出实情的那天早上，两棵松树在风雨中变得模糊，甚至和池上的森林融合在了一起。不过今天早上，松树离了森林，和堕胎联系在了一起，看起来带上了污浊之色。这难道是天气太好的原因吗？

"纵然天气好，心情依然糟。"信吾无聊地嘀咕着，并停止仰望被房间窗户隔开的天空，开始工作了。

过了一会儿，英子打来电话。她说忙于夏服的制作，今天出不了门了。

"工作真有你说得那么忙吗？"

"是的。"

英子沉默了一会儿。

"刚才，你是在店里打的电话吗？"

"嗯。不过，绢子不在。"她直接点出了修一外遇的名字，接着说，"我是等她出去才打的。"

"是吗？"

"我明天早上去拜访您吧。"

"明早？还是八点左右？"

"不，明天我等您。"

"有很急的事？"

"嗯。急又说不上急。就是我的内心比较着急，想早点和您说说。我彻底陷入了激愤。"

"你激愤？是修一的事吗？"

"我当面再给您说吧。"

虽说英子的"激愤"不太靠谱，但连续两天要来而且有话想说，这让信吾感到不安。

不安持续发酵，于是三点左右信吾给菊子的娘家打了个电话。

佐川家的女佣去给菊子传话，在这期间，一阵优美的音乐传到了话筒里。

菊子回到娘家之后，信吾就没有和修一谈过菊子的事。修一可能有意回避吧。

此外，要是去佐川家看望菊子，信吾担心把事情闹大。

信吾觉得以菊子的性格，有关绢子的事，还有流产的事，她都不会给娘家兄弟姐妹们说。不过，也说不好。

"爸爸。"话筒中那优美的交响乐里，传来了菊子关切的声音。

"爸爸，让您久等了。"

"啊。"信吾舒缓了许多后说，"你身体怎么样了？"

"嗯，已经好了。我太任性，让您操心了。"

"没事。"

信吾不知如何接茬儿。

"爸爸。"菊子依旧用欢快的语调说，"我想看到您，我现在就回去可以吗？"

"现在？身体无碍吧？"

"嗯。我想早点见到您，要不然回去后我会羞愧难当的，可以吗？"

"好的，那我在公司等你。"

音乐继续响着。

"喂喂。"信吾呼叫着。

"音乐真好听呀。"

"哎呀,我忘记关了……是莱·希尔菲德的芭蕾曲,肖邦的组曲。我要把唱片也带回去。"

"马上就回来吗?"

"嗯。不过,我不愿去公司,让我想想。"

"那就在新宿御苑见吧。"菊子说。

信吾有些慌乱,随后又笑了。

菊子似乎倒认为这是个好主意,她说:"那里的绿意能让人感到清爽。"

"新宿御苑,有一回一个偶然的机会,我曾经去看过名犬展览会。"

"我也打算去那儿看犬,可以吧?"菊子笑声过后,还能听到莱·希尔菲德的曲子。

三

按照和菊子的约定,信吾从新宿一丁目的大木门进入御苑。

门卫旁边的出租牌子上写着婴儿车每小时三十元,席子每小时二十元。

有一对美国夫妇,丈夫抱着女儿,妻子牵着德国猎犬。

进入御苑的不仅有美国夫妇,还有年轻情侣,但只有美国人步伐悠然。

信吾自然地跟在美国人后面。

路左边落叶松样的绿植，其实是喜马拉雅杉。上次来时，信吾好像是在爱护动物会组织的慈善游园会上看到了漂亮的喜马拉雅杉树群，可杉树群在哪里，如今却找不到了。

路的右侧，比如手榭树、美化松等，都挂着铭牌。

信吾以为自己到得早，于是慢悠悠地走着，谁知道从门口直走有个水池，池岸边银杏树的背面，菊子已然在长凳上坐着等候了。

菊子转过头，起身施了一礼。

"真早呀。离四点半还有十五分钟呢。"信吾看了看表说。

"接到爸爸的电话，我真的很开心，所以马上就赶来了。我都不知道有多开心呢。"菊子应声很快。

"那岂不是等了很久？穿这么薄没事吧？"

"没事。这是我学生时代穿的毛衣。"菊子忽然羞怯地说："我的衣服没留在娘家，来时也没借姐姐的和服。"

菊子在八个兄弟姐妹中排行老幺，姐姐们都已出嫁，她所说的姐姐应该是嫂子吧。

深绿色的毛衣是半袖的，信吾似乎是今年第一次看到菊子裸露在外的胳膊。

关于回娘家住的事，菊子向信吾表达了一丝歉意。

信吾不知如何回应，就只轻声问："你要回镰仓吗？"

菊子率真地点了点头说："我很想回去。"说完，她耸了耸美丽的肩膀，看了看信吾。她的肩膀是怎么动的呢，信吾没有注意到，但是那柔美的香味，让他感到舒畅。

"修一去看过你吗？"

"嗯。不过，要没有爸爸您的电话……"

你就不愿回去吗？

菊子话没说完，就从银杏树下离开了。

乔木繁茂的绿意，似乎快要垂落在菊子纤细的脖子后面。

水池略带日本风格，白人士兵一只脚搭在小小的池中心岛的灯笼上，与妓女说说笑笑。岸边的长凳上，坐着两个年轻情侣。

信吾随着菊子的步伐行走，当他穿过右侧的树林时，惊讶地感叹："这里好宽阔呀。"

"这里能让爸爸您感到清爽吧。"菊子得意地说。

不过，信吾走到路边的枇杷树前就停了下来，并没打算立刻走到那宽阔的草坪上去。

"好伟岸的枇杷树呀。没有什么影响它，所以连下方的枝条都能纵情地生长。"

看到树木自由且自然地生长的样子，信吾十分感动。

"好美的形态呀。我想起来了，有次来看犬的时候，就看到喜马拉雅大杉树成排生长，其下面的枝条恣意地伸展开来，令人愉悦。它们在哪里呢？"

"临近新宿那一带吧。"

"哦，当时确实是从新宿那边进来的。"

"刚才我听您在电话中说您在这看过犬展？"

"嗯。犬不是很多，爱护动物会举行募捐的游园会上日本人比较少，外国人倒挺多，可能多是占领军的家属或外交官吧。当时是夏季，身上卷着红色薄绸和水色薄绸的印度姑娘很是漂亮。展会上还出现了美国和印度的商店，当时的场景真是很罕见呀。"

就是在两三年前吧，可两三年前是哪一年，信吾却想不起来了。

说着说着，信吾从枇杷树前走了出来。

"咱家院子里的樱花树，也得把它根边的八角金盘给铲除掉。菊子回家之后，不要忘记呀。"

"好的。"

"那棵樱花树枝没有剪过，我很喜欢。"

"小枝多，花儿开满枝头……上个月盛开时，我和您还听到过佛都七百年祭的寺院钟声呢。"

"你连这都记得呀。"

"当然，我一生都不会忘记。包括听到的鹰的鸣叫。"

菊子靠近信吾，从巨大的榉树下面走向宽阔的草坪。

望一眼广阔的绿色，信吾感到豁然开朗。

"啊，好惬意，感觉像是离开了日本。想不到东京市内还有这样的地方。"信吾眺望着向新宿方向延伸而去的远处的绿意。

"据说在远眺点上花了苦心，游客越往里走视野就越幽深。"

"远眺点是什么？"

"就是眺望线吧。那草坪的边缘和里面的路，都是舒缓的曲线。"

菊子说她从学校来的时候，听老师说过。据说将乔木分散而种的这块大草坪，是英式园林的风格。

宽广的草坪上能看到的基本都是年轻情侣。他们有的双双躺着，有的坐着，有的慢悠悠地散步，也能看到少许三五成群的女学生和孩子。这幽会的乐园让信吾感到惊讶，他觉得自己并不适合这里。

一片开放的皇室御苑，让年轻男女释放着自我。

信吾和菊子走进草坪，步行穿过幽会的人群中间，但谁都没有在意他们。信吾则尽量避着人群通过。

不过，菊子到底怎么想的呢？单是年老的公公和年轻的儿媳来公园这个事本身，就让信吾有点不太习惯。

菊子电话中说在新宿御苑会合，信吾并没有在意，但来了之后却觉得有点异乎寻常。

草坪中央有一棵极为挺拔的树，信吾被它吸引到了。

信吾仰望着靠近大树，大树那耸立着的绿色品格和力量感深深地感染了他，他与菊子之间的难堪被大自然一扫而光。菊子说"能让爸爸您感到清爽"，看来是不错的想法。

远处一棵百合树。靠近一看，才发现是三棵长在一起合成了一棵。花像百合，又有点像郁金香，因此说明牌上写着：也称郁金香树，原产北美，生长快，这棵树的树龄大约有五十年。

"哦，这有五十年吗？比我要年轻呀。"信吾惊讶地抬头看着。

茂密的枝叶向四周展开，像是要把他俩抱着隐藏起来一样。

信吾坐在长凳上，心里却有些不安。

他又立即站了起来，菊子意外地看了看。

"去那边有花的地方看看吧。"信吾说。

草坪对面像是有花坛，里面的一群白色花几乎要碰到低垂的百合枝，远看花团锦簇。信吾一边走过草坪，一边说："日俄战争的凯旋将军欢迎会就在这御苑举行的，当时我还不到二十，住在农村。"

花坛两侧是漂亮的行道树，信吾坐到了行道树中间的长凳上。

菊子站在他前面说："明天早上就回去，您转达给妈妈，让她不要责怪我。"说完，她坐在了信吾旁边。

"回家之前，如果你还有什么想说的话……"

"给爸爸您说的话？我想说的，可多了呢。"

四

第二天早上，信吾一直在等待，可菊子还没回来他就出门了。

"菊子说不要责怪她。"信吾告诉保子。

"别说怪她了，我还应该向她道歉呢，你说呢？"保子表情明快。

信吾决定给菊子打个电话。

"对菊子来说，你这个公公的影响力可真大呀。"

保子把信吾送到玄关处说："不过，这样也好。"

信吾到公司不久，英子就来了。

"呀，变漂亮了呀。还带花来。"信吾热情地迎接她。

"一上班就抽不出时间来，所以我到街上走动走动。街上的花店可真漂亮。"

不过，英子像煞有介事地走到信吾桌前，用手指在桌子上写上"让她回避一下"。

"什么？"信吾愣了一下。

"你先回避一下吧。"信吾告诉夏子。

英子在夏子出去的时候找了个花瓶，把三枝玫瑰插进瓶中。裁缝店女店员的特制连衣裙，让她看起来似乎有些丰满了。

"昨天真是抱歉。"英子用异样的口吻说，"连续两天打扰您，我……"

"没事，坐吧。"

"谢谢。"英子低下头坐在椅子上。

"今天让你迟到了呀。"

"嗯，这个事……"

英子抬头看了看信吾，像是要哭出来似的，但又忍住了。

"我能倾诉出来吗？我感到愤怒，可能也有些激动吧。"

"啊？"

"是关于您儿媳的事。"英子吞吞吐吐地问，"是做了流产吧？"

信吾没有回答。

英子是怎么知道的？不会是修一说的吧？不过，英子和修一的女人在同一个店上班。信吾感到一种难受的不安。

"做了流产倒不是问题……"英子犹豫，没有说完。

"是谁告诉你的？"

"修一从绢子那儿拿的医院费。"

信吾吃了一惊。

"我觉得太可恶了。这是一种极其侮辱女性的做法，他毫不顾及别人。您儿媳妇很可怜，我都气不打一处来。修一应该给过绢子钱，也可能是他自己的钱，但是这事让我们很是反感。他和我们的身份不同，但那些钱他自己总应该拿得出来吧。身份不同，难道就能这样？"

英子忍住没有让自己消瘦的肩膀颤抖。

"绢子拿出钱是绢子的事，我不清楚。我很生气，也很厌恶，哪怕我不和绢子在一个店里工作，我都要来给您说这些话。给您说了这么多糟心话，我知道不好，可是……"

"不，谢谢你。"

"在这儿我感觉好多了，虽然我和您儿媳妇只有一面之缘，但很喜欢她。"

英子饱含泪水的眼睛闪着光亮。

"您让他们分手吧。"

"嗯。"

说的是绢子的事，但听起来却像是说让修一和菊子分手。

问题推到了信吾面前。

信吾对修一的精神麻木和颓废感到惊讶，但他自己也好像是在同一片泥沼中挣扎。幽暗的恐惧让他胆怯。

说了要说的话，英子打算回去了。

"我知道了。"信吾要挽留她，却显得有些无力。

"我改天再来拜访。今天实在抱歉，还落泪了，太难堪了。"

信吾感受到了英子的良知和善意。

信吾曾痴妄地认为英子靠着绢子在同一家店里工作是种麻木，可是修一和自己才是多么地麻木呀。

信吾心不在焉地看着英子留下的深红色玫瑰。

信吾从修一那儿听说菊子有洁癖，修一有外遇的"现有"情况下，她不会生孩子。可是菊子的洁癖，难道不是已经完全被践踏了吗？

菊子不知道这些，现在应该已经回到镰仓的家中了吧，信吾不由自主地闭上了眼睛。

伤　后

一

星期天早上，信吾用锯子把樱花根边的八角金盘锯掉了。

信吾心想要是不连根挖走就无法根除，于是嘴里自言自语说："等发芽的时候就锯掉它。"

以前曾经锯掉过，反而让它的根株疯长成这个样子。可是，如今信吾却不想费力根除了，也许他已经没有了斩草除根的力气。

八角金盘容易锯，但毕竟长得太多，信吾额头都累出了汗。

"我来帮您吧。"修一不知何时走了过来。

"不用了。"信吾冷冷地说。

修一呆立着说："是菊子让我过来的。她说您正在锯八角金盘，让我来帮忙。"

"是吗？不过，马上就完了。"

信吾坐在了锯掉的八角金盘上，往房间那儿看了看，发现菊子倚靠在走廊的玻璃门上，身上系着一个漂亮的红腰带。

修一拿起信吾膝盖上的锯子说："我来锯完吧。"

"嗯。"

信吾一直看着修一那娴熟的动作。

剩下的四五株八角金盘很快都倒下了。

"这株也要锯掉吗？"修一转身问信吾。

"这个，等一下吧。"信吾站了起来。

这里长出了两三棵小樱花树。不过，不像是独立生长的，而像是从母株的根部长出来的枝条。

大枝干的下端，也长出了类似插条一样的枝丫，上面生出了叶子。

信吾稍微离远了看了看说："果然是从土里长出来的玩意，还是锯掉比较好。"

"是吗？"

不过，修一并没有马上去锯掉小樱花树。信吾的想法，看来有些荒唐。

菊子也来到了院子里。

修一用锯子指了指小樱花树，轻轻地笑着说："要不要锯掉，爸爸还在琢磨呢。"

"还是锯掉好。"菊子回答得很果断。

信吾对菊子说："那是不是枝条，我还不太确定。"

"从土里面不可能长出枝条呀。"

"从树根长出了的枝条，应该是什么呢？"信吾也笑了。

修一没吭声，就把小樱花树给锯掉了。

"不管如何，我是想把这株樱花的枝条都留下，让其尽可能自由自在地生长。八角金盘太碍事，所以才除掉它。"信吾说。

"把树干下方的小枝留下吧。"菊子看着信吾说，"那像筷子又像牙签的可爱枝条上还开着花呢，多可爱呀。"

"是吗？都开花啦，我都没注意。"

"是开啦。小枝上有一簇，两三朵吧……像牙签一样的枝条上似乎也有一朵。"

"是吗？"

"不过，不知道这样的枝条能否长大。等这么可爱的枝条长成新宿御苑的枇杷树和山桃的下枝那样，我都成老太婆了。"

"不会的，樱花树长得快。"信吾说着，把目光移到菊子的脸上。

信吾没有告诉过妻子和修一自己与菊子去新宿御苑的事。

不过，菊子回到镰仓家中之后是不是立马就给向丈夫坦白了呢？当然也说不上是坦白，菊子只是一如平常地说说而已。

如果说"听说您和菊子在新宿御苑见面了"的话从修一口里难以说出，那么可能由信吾说出比较好，可是两人都没说，可能是中间存在芥蒂。修一虽然从菊子那儿得知此事，不过大概是有意装作不知情吧。

不过，菊子脸上却没有拘泥的表情。

信吾盯着樱花树干上的小枝，那不经意间生出新芽的柔弱枝条像新宿御苑的下枝那样伸张开来的样子，在他的脑中绘制了出来。

如果枝条长长地垂在地上开满了花，那将是多么华丽的场面呀。但是，他还没见过这样的樱花枝，也不记得见过从树干长出枝条的大樱花树。

"锯倒的八角金盘，要捡起来放到哪里呢？"修一问。

"丢到一旁的某个角落就行了。"

修一把八角金盘扒拉在一起，用胳膊抱着往外拖去。在他身后，菊子也拿了三四棵。

"不用了，菊子……你还得多注意身体。"修一宽慰她。

菊子点了点头，把八角金盘丢在那里，不再管了。

信吾进了屋子。

"菊子到院子里做什么呢？"保子正在缩改旧蚊帐给国子睡午觉用，她摘下老花镜问了问。

"星期天两个人都出现在家里的院子，真是少见呀。菊子从娘家回来之后，他们关系似乎好了，真奇妙。"

"菊子也有伤心处呀。"信吾自言自语。

"也不全是。"保子抬高声音说，"菊子是个笑脸盈盈的好孩子，已经好久没有看到她现在这种开心的眼神了。看到菊子那略显憔悴的笑脸，我也……"

"哦。"

"最近修一回家也早了，星期天都在家中，真是不打不成交呀。"

信吾沉默地坐着。

修一和菊子一起来到房间。

"爸爸，里子把您珍爱的樱花芽拔掉了。"说着，修一将拔下来的芽用指头捏着让信吾看。

"里子觉得揪八角金盘好玩，谁知把樱花芽也给拔了。"

"是吗？孩子是拔着玩嘛。"信吾说。

菊子站在修一背后，露出半个身子。

二

菊子从娘家回来后，信吾收到了日本产的电动剃须刀作为礼物，保子收到了腰带绳，房子收到的是里子和国子的童装。

"有没有给修一送呢？"信吾后来试探着问了问保子。

"给修一送了把折叠伞。还买了美国产的梳子呢。梳子盒的一面有镜子……听人说梳子是缘分断了才送给对方的，不过菊子应该不知道吧。"

"在美国的，不会讲究这个吧？"

"菊子也买了同样的梳子。只是颜色不同，稍小一些而已。房子看到这个，说了句'好漂亮呀'，于是菊子就送给了房子。菊子好不容易买了和修一同样的物件并从娘家带回来。多么讨人爱的梳子呀，对吧？房子不应该要走，一把梳子而已，她太不识趣了。"

保子觉得自己的女儿有点可怜，就说："送给里子和国子的衣服，都是用上好丝绸做的，很适合穿出去嘛。房子虽没收到礼物，但两个孩子收到了就相当于房子收到了。要是菊子要走梳子，她会觉得给房子什么都没买，好像不妥。为了那样的事而回娘家，我们没道理让她带礼物呀。"

"是呀。"

信吾也有同感，但心里也有不为保子所知的忧烦。

菊子买礼物，应该给娘家的父母添麻烦了。菊子做流产的费用，甚至都是修一让绢子出的，因此可以想象修一和菊子连买礼物的钱都没有。菊子觉得住院费是修一出的，所以就向娘家的父母要钱买了礼物吧。

已经很久没有给菊子零花钱之类的东西了，信吾很是后悔。并不是他没有注意到，而是菊子和修一的夫妻感情不和，作为公公的他和儿媳关系越发亲密，反而搞得有什么秘密一样，给她钱也就犯了难。不过，他之所以没有设身处地为菊子着想，大概与房子要走菊子梳子的做法类似吧。

菊子当然是因为修一的堕落而变得拮据，因此不可能死乞白赖地向公公要钱。不过，信吾要真有同情心，菊子也就不可能屈辱到用丈夫情妇的钱去堕胎了。

"不买礼物来，我心里倒坦然些。"保子略有所思地说，"要都加起来，花费相当多呀。这得花多少钱哪。"

"这个……"

信吾尝试心算："电动剃须刀得多少钱来着，这个估摸不出来，因为之前也没见过。"

"是呀。"保子点了点头说，"要是抽奖，你肯定是一等。因为是菊子给你的嘛，当然啦。首先，这玩意儿有了声响就表示启动了吧？"

"刀齿不动呀。"

"得动呀，不动的话剃不了。"

"不对，我怎么看刀齿都没动嘛。"

"是吗？"

保子低声笑了。

"就像孩子得到玩具一样高兴，就凭这一点你肯定是一等奖啦。每天早上都是嘟嘟、吱吱的声音，吃饭的时候都频频地抚摸下巴，瞧那高兴劲，这让菊子都不好意思了。当然，她也蛮高兴的。"

"借给你用也可以嘛。"信吾笑着说，保子摇了摇头。

菊子从娘家回来的当天，信吾和修一一起从公司回家，在餐室吃完饭期间，菊子送的电动剃须刀倒是颇受欢迎。

私自回到娘家的菊子和迫使菊子堕胎的修一一家，可以说是借助电动剃须刀化解了面对面的尴尬寒暄。

房子也让里子和国子赶紧换上童装，打量一番后她夸赞衣领和袖口的刺绣做得雅致，并露出开心的表情，而信吾则边看"使用说明"，边现场用起剃须刀来。

家人都看着信吾，仿佛在问他感觉如何。

信吾一只手握着剃须刀并活动着自己的下巴，另一只手则不离"使用说明"，他说："上面写着也可以剃妇女发际上的汗毛。"说完，他看了看菊子的脸。

菊子鬓角和额头之间的发际真漂亮，信吾此前似乎并没注意到。这个地方的发际，微妙地呈现出了一道可爱的线条。

她那细腻的肌肤和茂密的秀发清晰且鲜明。

菊子那气血稍显不足的脸上，两颊反而泛出淡淡的红晕，她喜悦的眼神闪耀着光亮。

"你爸真是得到了一个好玩具呀。"保子说。

"才不是玩具，而是文明的利器，精密的器械。上面有机械编号，还盖着机检、调整、完成和责任人的印章呢。"

信吾很是高兴，一会儿顺着胡须剃，一会儿逆着胡须剃。

"肌肤粗糙也应该能剃，不需要肥皂和水。"菊子说。

"嗯。上了年纪的人皱纹会碍着剃刀。你也能用嘛。"信吾递给了保子。

保子害怕地往后退了退说："我又没有胡须呀。"

信吾盯着电动剃须刀的刀齿，戴上老花镜后又看了看说："刀齿不动，怎么能剃呢？马达在转，可刀齿就是不动。"

"哪里有问题？"修一伸手去拿，可信吾随手就给了保子。

"真的呀。刀齿好像真的不动。这和电子吸尘器一样，就是得把灰尘吸进去，对不？"

"刮下来的胡须也不知道去哪儿了。"信吾说完，菊子低头笑了。

"菊子给你买了电动剃须刀，作为回赠你干脆买个电子吸尘器怎么样？买个电动洗衣机也可以嘛。这能帮菊子很多忙呢。"

"说的是呀。"信吾这么回复保子。

"我们家这样的文明利器一个也没有。电冰箱每年都只说要买要买，今年马上也要用啦。烤面包机呢，烤好面包后就会砰的一下弹出来，电源自动关闭，很是方便呀。"

"这是你自己的'家庭电器化'学说吧？"

"你只疼爱菊子，作为父亲名不副实呀。"

信吾拔掉了电动剃须刀的电源。剃刀盒里有两个毛刷。小的犹如牙签，另一个像刷瓶子的，信吾都试着用了用。他用像刷瓶子的那个刷子清理了刀齿里面的小洞之后，忽然往下一看，发现短小的白毛稀稀落落地掉在了膝盖上。他的眼睛只看到了白毛。

信吾轻轻地掸了掸膝盖。

三

信吾先买来了电子吸尘器。

早饭之前，菊子使用吸尘器的声音和信吾使用电动剃须刀的马达声混杂在一起，信吾觉得有些滑稽。

不过，这也是让家庭为之一新的声音。

里子觉得电子吸尘器很稀奇，就跟在菊子后面走。

可能是电动剃须刀的缘故吧，信吾做了一个有关胡须的梦。

在梦中，信吾不是出场人物，而是个旁观者。不过因为是梦，所以出场人物和旁观者并没有明显区别。而且，这是在信吾从未去过的美国所发生的事。信吾后来想，大概是菊子买的梳子是美国产的吧，所以才做了个美国梦。

在信吾梦中，美国有的州英国人多，也有的州西班牙人多。因此，不同的州胡须都有特色。至于胡须颜色和形状哪里不同，他醒来之后就记不清楚了。但是在梦中，信吾对美国各州不同人种的胡须差异记得清清楚楚。然而醒来后忘记了有某一个州出现了一个男人，他的胡须汇集了各州、各人种的胡须特色。这并不是说这个男人的胡须夹杂了不同人种的特征，而是他的胡须某部分呈法国型，某部分又呈印度型，即一个人的胡须兼具不同形态。换言之，这个男人的胡须因美国各州、各人种的不同而出现一束一束不同的样子，像流苏一样低垂着。

美国政府把这个男人的胡须指定为天然纪念品。因此，这个男人就无法随意刮剃和修剪自己的胡须了。

梦就是这样。信吾看到了这个男人漂亮的各色胡须，感觉那就像是自己的胡须一样。这个男人的得意和困惑，也多多少少转移到了信吾身上。

梦毫无逻辑，只是梦见了这个胡子男而已。

这个男人的胡子确实很长。信吾每天早上都用电动剃须刀把胡须剃得漂漂亮亮，所以反而才梦到这种肆意生长的胡须吧。胡须被指定为天然纪念品，真是太可笑了。

这是一个天真无邪的梦，信吾本来很期待早上起来后告诉大家，但他听到雨声后不久就入睡了，可后来又被噩梦惊醒。

信吾梦见自己触摸着纺锤形的乳房，乳房依旧那么柔软。女人对信吾的手没有反应，因此乳房没有膨胀起来。唉，真没意思。

信吾虽然抚摸着乳房，但却不知道这女人是谁。与其说不知道是谁，莫如说他压根儿就没想过对方是谁。梦里不见女人的容貌和身体，似乎只有两个乳房浮在空中。于是，信吾开始思考这人到底是谁，这时女人就变成了修一朋友的妹妹。但是，这并没有触发信吾的良心，他也没有受到刺激，他对那姑娘的印象很浅，甚至连样子都很模糊。虽然看她的乳房像是没生过孩子，但信吾并不觉得她是个少女。看到她手指上纯洁的印记，信吾心情才舒缓下来。虽然心想这下坏了，但并没有觉得自己做错了什么。

"是决定当个运动员呀。"信吾自言自语。

他被自己的这种说法惊讶到了，梦也结束了。

信吾意识到"唉，真没意思"像是森鸥外去世时说的话，他好像什么时候在报纸上见过。

不过，从这个讨厌的梦中醒来后竟最先想起森鸥外去世时的话，并将其和自己梦中的话语结合起来，这难道是信吾自己想要搪塞什么吗？

梦中的信吾没有爱，也没有欢喜，甚至这个放荡的梦中连放荡的思想都没有。完全就是"唉，真没意思"。睡醒后都感觉乏味。

信吾在梦中并没有侵犯姑娘，也可能是正要侵犯吧。要是因感动或恐惧而去畏畏缩缩地侵犯，那么醒来后仍然会贯穿着生命的罪恶。

信吾回想近年来自己做过的放荡的梦，发现梦里的对象大多是粗俗的女人。今夜梦里的姑娘大抵也是这样子。难道是因为连做梦都担心因奸淫受到道德的谴责？

信吾回想起了修一朋友的妹妹，觉得她的胸很丰满。在菊子嫁过来之前，她和修一曾经谈婚论嫁，有过交往。

"啊！"信吾被一闪而过的念头吓到了。

梦里的姑娘难道不是菊子的化身吗？梦里肯定是道德在作祟，将菊子换成了修一朋友的妹妹，不是吗？而且为了掩饰这种乱伦，为了糊弄这种苛责，不是把代替菊子的修一朋友的妹妹都变成了乏味的女人了吗？

如果信吾的欲望被允许随意释放，如果信吾的人生可以任由自己的想法而改变，信吾岂不是会爱上还是少女的菊子，也就是爱上和修一没结婚之前的菊子。

他心底遭受了压抑和扭曲，如今在梦中都凌乱地呈现了出来。信吾难道是要在梦中拿这些来隐藏自己，进而欺瞒自己吗？

假借菊子之前就和修一谈过恋爱的姑娘，并将那个姑娘的模样模糊化，难道不是十分担心那个女人就是菊子吗？

而且后来再想，梦里的对象是模糊的，梦的逻辑也模糊不清，甚至连触摸乳房的手都没感觉到快感。他怀疑醒来时奸猾的头脑灵机一动，将梦境给抹消了。

"是梦境。把胡须指定为天然纪念品是梦境。占梦之事，断不可信。"信吾用掌心擦了擦脸。

梦的乏味就像让身体感受到寒意一般，信吾醒来之后心中恐惧，大汗淋漓。

梦见了胡须之后，原本听起来轻飘飘的雨，如今却风雨交加地打到家里，就连榻榻米都变得湿漉漉的。不过，这倒像是暴雨过后的雨声。

这让信吾想起了四五天前在朋友家看到的渡边华山的水墨画。

枯木的顶上落着一只乌鸦，画题是："意志坚强呀，黎明的乌鸦，五月雨天登枝权"。

读完这句，信吾似乎明白了这幅画的含义和华山的心境。

这是一幅乌鸦落在枯树上迎着风雨等待黎明的图景。画面中，用淡墨描绘出了风雨交加的场面。信吾记不大清楚枯树的样子，但只记得巨大的枝干孤零零地弯折在那里。乌鸦的样子倒是令人印象深刻。可能是确实已经沉睡，或是被雨淋湿，又或者两者兼有，乌鸦显得有些臃肿，嘴巴很大。上面的喙因为渗墨的缘故，看起来更厚。眼睛是睁着的，可能没彻底睡醒吧，倒像是在休息。不过，这是一双含着怒火的锐眼。作者把乌鸦的姿态画得很显眼。

信吾只知道华山生活贫苦，后来切腹自杀了。但是，他认为这幅《风雨晨鸦图》是华山某一阶段心境的写照。

也许朋友是根据季节需要，将这幅画挂在壁龛内的。

"真是一只神态尖锐的乌鸦呀。"信吾评价说，"有些让人讨厌。"

"是吗？我在战争期间经常看到这种鸟，就觉得有些阴森，认为那是一种阴森的鸟。当然，它身上也有静谧的地方。不过，要是像华山那样动辄就得切腹自杀，我们都不知道自杀过多少次了。时代不同啊。"朋友说。

"我们也等待过黎明到来……"

风雨交加的今夜，信吾仿佛能看到那幅乌鸦图还挂在朋友家的客厅。

信吾心想，我们家的鹰和乌鸦今夜会怎么样呢？

四

信吾在第二次梦醒之后就睡不着了，于是等待黎明，可是他并没有华山所画的乌鸦那样倔强。

不管梦里是菊子，还是修一朋友的妹妹，放荡的梦没有引起内心的放荡，想来总觉得有些悲惨呀。

比起任何奸淫，这都是丑恶的。大概是自己又老又丑了吧。

信吾在战争期间没有和女人发生过关系，后来一直如此。他虽然还没到那样无欲无求的年龄，但却习以为常。他在战争的压迫下，已经不愿夺回生命的欲望。就连思维方式似乎也因为战争而陷入狭隘的常识之中。

难道同自己年龄相仿的这种老人很多？信吾曾经想询问朋友，可能又担心朋友笑话他胆小怯懦吧。

在梦里去爱菊子不是挺好的吗？在梦里，还有什么担心和忌惮呢？就算在现实中，悄悄地去爱菊子不是也可以吗？信吾重新整理了思绪。

然而此外，芜村的俳句"老人若忘恋，犹如阴雨天"浮现在信吾的脑海，他的思维持续衰弱。

因为修一有了外遇，菊子和修一的夫妻关系就恶化了。菊子堕胎之后，两人却变得温馨和睦起来。在暴风雨之夜，菊子向修一撒娇比平常更明显，而修一大醉归来那晚，菊子也比平常更加温情地宽容了修一。

这算是菊子的可怜，还是愚蠢呢？

这些事难道菊子心里清楚？或者说他没有在意，所以坦率地接受了造化的奇诡和生命的波澜。

菊子用不生孩子来和修一对抗，也用回娘家与修一对抗，这里面当然也表现出了她自己难以忍受的痛苦。可是两三天后就回到家里，就像是对自身的罪过表示歉意，又像是抚慰自己的创伤，她和修一的关系重修旧好了。

在信吾看来，这就是"唉，真没意思"的事，但好像又说不上。不过，大概算是好事吧。

信吾甚至在想，绢子的问题先放一段时间不去过问，只等其自然解决就好。

修一虽然是信吾的儿子，但菊子如此这般要和修一结合在一起，信吾不禁怀疑他俩难道是理想的夫妻和命运注定的连理？

信吾不想叫起旁边的保子，因此打开了枕边的电灯。虽然他没看到手表，但外面仿佛天已亮起来，六点的寺院钟声也该响起了。

信吾想起御苑的钟声。

那相当于下午闭园的信号。

"好像教会的钟声呀。"信吾告诉菊子，这就像穿过西洋公园的树丛前往教会一样。前来聚集在御苑出口的人们，给人感觉也像是要赶往教会。

信吾没睡好就起来了。

信吾像是不愿看到菊子，便和修一早早就出门了。

"你在战争中杀过人吗？"

"啊？要是吃了我机枪里的子弹就会死吧。不过，我是不会发射机枪的。"

修一露出厌恶的表情，扭过头去。

白天停下的雨，晚上又开始风雨交加了，东京被浓雾笼罩了起来。

信吾在公司宴会之后走出酒馆，坐上了最后一辆车，并送走艺伎。

两名中年艺伎坐在信吾旁边，三名年轻艺伎则坐在后排人的膝盖上。信吾将手绕到艺伎的腰前，把她搂到近前说："可以吗？"

"那就对不起了。"艺伎安心地坐在信吾的膝上。看起来比菊子小四五岁的样子。

信吾为了记住这名艺伎的名字，上了电车之后就打算把她的名字写在手账上，但因为刚才的一时心血来潮，就忘记写了。

雨　中

一

这一天早上，菊子先读了报纸。

门口的邮箱像是被雨水淋湿了，菊子用做饭的煤气火边烘干浸湿的报纸边阅读。

有时早醒之后的信吾会出去拿报纸，然后取回放到床上。不过取早报的事通常都是菊子在做。

然而，菊子多是将信吾或修一送出门后才会去读报。

"爸，爸。"菊子在拉门外面小声叫他。

"什么事？"

"您要是醒着的话，有个事……"

"有什么事？"

听了菊子的声音，信吾觉得有事发生，于是马上起床。

菊子拿着报纸，站在廊下。

"怎么了？"

"相原的事，登在报纸上了。"

"相原是被警察抓了吗？"

"不是。"

菊子稍微往后退了退，把报纸交给信吾。

"啊，还是湿的。"

信吾并没打算接，他伸出一只手，浸湿的报纸哗啦掉了。

菊子用手掌接住报纸一角并捧了起来。

"我就不看了，相原怎么了？"

"他殉情了。"

"殉情？死了？"

"上面写的命好像保住了。"

"是吗？等一下。"信吾放下报纸要离开时又问，"房子还在房间睡吧？"

昨天深夜，确实在家与两个孩子睡在一起的房子不可能和相原殉情，而且今早的报纸也不可能立马刊出呀。

信吾凝视着厕所窗户上的风雨试图冷静下来。从山腰垂下的狗尾草的长叶上，雨滴不断地快速落下。

"这是大雨呀，可不像是梅雨。"

他告诉菊子，然后坐到餐室后就用手去拿报纸，可是在读报之前，老花镜却从鼻梁滑落。信吾咋了咋舌，取下眼镜，用力从鼻梁揉到眼眶。鼻梁太滑溜，让他厌烦。

读短消息时，眼镜又掉落了。

相原是在伊豆的莲台寺温泉殉情了。女的死了，有可能是个二十五六岁的女服务员，但身份并不确定。男的似乎常用麻药，估计是为了保命。他又用麻药，又没留遗书，可能有诈骗之嫌。

信吾抓住滑落到鼻尖的眼镜，真想发泄一番。

他是因为相原殉情而生气，还是因为眼镜滑落而动怒，实在难以知晓。

他用手掌胡乱地揉搓着脸，然后起身去了洗手间。

报纸上说相原在旅客登记簿上的住所是横滨，上面并没有出现妻子房子的名字。

因此报道和信吾一家并无关联。

所谓横滨纯属胡扯，这可能是相原居无定所的缘故吧，而且房子可能已经不再是相原妻子的了。

信吾先洗完脸，然后刷牙。

他觉得房子至今仍是相原的妻子，这种想法支配着他，让他烦躁、迷茫。这些，都只不过是源于信吾的犹豫与感伤吧。

"这事还是交给时间去解决吧。"信吾自言自语。

信吾自己久拖不能解决的事，时间最终会解决吗？

相原变成这个样子之前，信吾就不该帮帮他吗？

此外，也不知道是房子把相原推入破灭，还是相原把房子带入不幸。如果他们能将对方逼近破灭和不幸，同样也就会被对方带入破灭和不幸。

信吾返回餐室，边喝热茶边说："菊子，你知不知道五六天前相原把离婚协议邮寄过来了？"

"知道。您生气了？"

"嗯。真气人。房子也说简直太侮辱人了。不过，这可能是相原临死前的安排吧。相原是有准备地自杀，而非欺骗，因此不如说是那女的成了他的牺牲品。"

菊子那秀美的双眉紧蹙，默不作声，身着一袭竖条铭仙绸。

"把修一叫起来吧。"信吾说。

可能是穿着和服的缘故吧，起身而去的菊子的背影看起来变高挑了。

"听说相原出事了？"修一问信吾，接着拿起报纸。

"我姐的离婚协议寄出去了吧？"

"还没有。"

"还没有吗？"修一仰起脸问，"为什么？就算是今天才寄，那也是越早越好呀。相原要是救不活的话，岂不成了给死人寄离婚协议了？"

"不过，两个孩子的户籍怎么办？孩子的事，相原什么都没交代。小孩子可没能力自己选择户籍呀。"

房子盖了章的离婚协议放在信吾的包里，之后一直在家和公司之间被带来带去。

相原母亲那儿，信吾有时会让人送点钱去。他本打算让派去的人顺便把离婚协议送到区政府，可一直迁延未办。

"孩子已经在咱家了，还有什么办法呢。"修一敷衍地说。

"警察要来我们家吧？"

"来干什么呢？"

"可能有关相原的继承人问题吧。"

"不会来吧。为了避免如此，相原才把离婚协议寄过来的。"

房子粗暴地打开拉门，穿着睡衣就出来了。

她没细看报纸，就将其哗哗地撕碎抛掉。她撕的时候用力过猛，可抛的时候却没抛出去。房子瘫倒在地，把散落的报纸推开了。

"菊子，把拉门关上。"信吾说。

房子打开的拉门里面，能看到两个孩子的睡姿。

房子手颤抖着，还在撕报纸。

修一和菊子都沉默不语。

"房子，你不打算去接相原吗？"信吾说。

"我才不去。"

房子单肘撑在榻榻米上，忽地转身，仰起眼睛盯着信吾。

"爸，你把自己的女儿想成什么了？您真窝囊，别人让自己的女儿沦落到这步田地，您竟一点不生气？那您去接他，去丢人好啦。究竟是谁让那个男人娶我的？"

菊子起身去了厨房。

信吾忽然将内心浮现的话语说了出来，但此时他默默思索，觉得让房子去接相原，使得分道扬镳的两人重归于好，然后所有的一切都重新开始，这是符合人性的呀。

二

相原是生还是死，后来报纸再没报道。

从区政府接受了离婚协议来看，他的户籍上还没有标成死亡。

然而，就算死了，相原也不会被当作身份不明的男尸给处理了吧？按理说不会这样。他有个腿脚不便的母亲，即便母亲没看报道，相原的亲朋中也应该有人关注到了吧。信吾心想，相原大概得救了。

不过，把相原的两个孩子都领过来，只能停留在空想阶段吧。修一态度明确，可信吾还是有些执念。

现在两个孩子已经成了信吾的负担，但又将成为自己的负担，修一还没考虑是否接受。

养育的负担姑且不谈，房子和孩子们今后的幸福，似乎已经失去了一半。这些，大概都和信吾的责任心有关吧。

此外，信吾拿出离婚协议时，相原的情人就浮在了他的脑海。

那个女人死了，她的生死意味着什么呢？

"发生幻化吧。"信吾自言自语地说，并为之一惊。

"不过，这可真是无趣的一生呀。"

假如房子和相原生活中没有矛盾，那么那个女人就不会殉情。所以说，信吾客观上也有一定的杀人之嫌。这么想，就不会产生哀悼那个女人的悲悯之心吗？

可是，信吾脑海中没能浮现那个女人的身姿，却忽然出现了菊子胎儿的样子。早已流产的孩子模样不可能浮现在信吾脑海，但却浮现出胎儿可爱的形态来。

孩子没生下来，信吾不也有间接责任吗？

连日糟糕的天气，让信吾的老花镜都滑落下来。他觉得右侧胸部十分沉闷。

这种梅雨天的晴日，有时候阳光很是晒人。

"去年夏天盛开着向日葵的人家，今年种的什么花来着？好像是西洋菊那样的白色花吧。难道他们商量过，因此附近四五家都并排种着同样的花，真是有趣。去年，他们都种的是向日葵。"信吾边穿裤子边说。

菊子拿着上衣，站在他面前。

"向日葵不是在去年被大风吹倒了吗？"

"大概吧。菊子，你最近是不是长个儿了？"

"是的。长了。嫁过来之后，一直慢慢长，可是最近突然猛长，修一都吃了一惊。"

"什么时候？"

菊子一下子唰地脸红了，她转到信吾身后，为他穿上上衣。

"总感觉你像是长高了，我想这不单是穿和服的原因吧。你嫁过来都好几年了还在长高，挺好嘛。"

"发育晚了，还没长够吧。"

"看你说得，不是挺可爱的吗？"说完这话，信吾觉得菊子真的清爽可爱。可能是修一去拥抱她，她才发现长高了吧。

信吾一边想着胎儿失去的生命似乎还在菊子腹中生长，一边走出家门。

里子蹲在路旁，看着邻里家的女孩子们在玩过家家。

孩子们把鲍鱼壳和八角金盘的绿叶子等作为容器，把草漂漂亮亮地切碎盛好，这让信吾颇有感触，并驻足观望。

她们把大丽花和雏菊的花瓣切碎，当成配色放入其中。

接着又铺凉席，而凉席上雏菊的影子，映照得很清晰。

"哦，这就是雏菊。"信吾想起来了。

三四户人家并排种的都是雏菊，代替了去年的向日葵。

可能是太小，里子没有被邀请一同玩耍。

信吾正要挪步，里子就喊"外公"，并追了过来缠他。

信吾牵着外孙女的手，带她走到了这条路的拐角。跑回家的里子的背影和夏子很像。

公司的办公室里，夏子伸着白皙的胳膊，正在擦拭窗户玻璃。

信吾随口问她："今天的报纸你看了吗？"

"嗯。"夏子回答迟钝。

"说是报纸，可不知道是什么报纸。是什么来着……"

"您是说报纸吗？"

"我忘了在哪个报纸看到，说哈佛大学和波士顿大学的社会科学家向一千名女秘书发出了问卷调查，问她们最高兴的事是什么。据说她们异口同声地回答，有人在时受到表扬最高兴。要说女孩子，不管是东方还是西方国家，都是这样子吧？你呢？"

"啊，这让人太羞于回答了吧。"

"害羞与高兴多数情况是一致的。被男人搭讪时，不就是那样吗？"

夏子低下头，没有回答。如今，这样的姑娘太少见了，信吾一边想着，一边说："谷崎就这样子，越是在人多的地方表扬她，她越是高兴。"

"刚才，谷崎来过了。大概八点左右。"夏子笨拙地说。

"是吗？然后呢？"

"她好像说中午还来。"

信吾产生了一种不祥的预感。

他没出去吃午饭，一直等着。

英子打开门站立不动，像是要哭出来一样屏息凝视着信吾。

"呀，今天没带花过来吗？"信吾掩饰住不安说道。

英子像是要责备信吾的不正经一样，她一本正经地走过来。

"又要把人支开？"

夏子出去午休了，办公室就剩信吾一人。

当信吾听到修一的外遇怀孕时，大吃一惊。

"我说不能生下来。"方才英子薄唇颤抖着说，"昨天返回店里的路上，我抓着绢子说了这话。"

"啊？"

"难道不是吗？太过分了吧。"

信吾不欲回答，他脸色阴沉。

英子的话，让他联想到了菊子。

修一的妻子菊子和外遇绢子先后怀孕了。这种事社会上也有，但信吾压根儿不承想会发生在自己儿子身上。而且，菊子还做了流产。

三

"你去看一下修一在不在，要是在的话，你叫他来一下……"

"好的。"

英子拿出小镜子，稍有犹豫地说："这张奇怪的脸，真让人难堪。再说，我来打小报告，绢子应该知道吧。"

"啊，是吗？"

"为此，就算辞掉这个店里的工作也可以……"

"不行。"信吾用桌上的电话回道。有其他员工在办公室时，他不愿与修一打照面。现在修一正好不在。

信吾邀请英子去附近的西餐厅，然后走出了公司。

娇小的英子靠近到信吾旁边，仰望着信吾的脸色低声说："我在您办公室上班时，您曾带我去跳过一次舞，您还记得吗？"

"嗯，当时你头上还系着白色发带吧。"

"不对。"英子摇头说，"系白色发带是在暴风雨后的第二天，那天你第一次问我绢子的事，让人非常为难，所以我记得很清楚。"

"是这样呀。"

信吾想起来，当时确实从英子那儿听说绢子的嗓音很迷人。

"那是去年九月前后吧。此后修一的事，让你很是担心呢。"

信吾没戴帽子就出来，头上顶着火热的太阳。

"我什么也没帮到您……"

"那是因为我还没让你帮嘛。我们家可真丢人。"

"我很尊敬您。从公司辞职后，反而更怀念了。"英子语调曼妙，然后沉默了一会儿又继续说，"我对她说不要把孩子生下来，绢子却颇为傲慢地说'你什么都不知道，你知道此事的来龙去脉吗，不要多管闲事'。最后她说她的肚子她做主……"

"哦。"

"她还问是谁指使我说这种坏话。要让她和修一分手，除非是修一单方面提出来，那样她别无办法，但孩子她一个人也能生，谁都干涉不了她。生下来是好事是坏事，随我去问她肚子里的孩子……绢子觉得我年轻，所以嘲讽我。尽管如此，绢子反过来却说让我不要嘲讽别人。她可能会把孩子生下来吧。我仔细一想，她和战死的前夫没有孩子。"

"什么？"

信吾边踱步边点头。

"我听了很生气，才那么说的。也许她不会生下来吧。"

"大概怀了多久了？"

"四个月。我没太注意，但店里人知道……店老板也知道此事，据说也劝她不要生。绢子因为怀孕而被辞退，就太可惜了。"

英子用手触碰着半边脸说："我不知道如何是好，我来告诉您，是希望您和修一商量一下……"

"嗯。"

"您要想见绢子，最好早点。"

信吾也在考虑这事，不想被英子说出口来。

"那个，有一次来过公司的那个女人，她们还住在一起吗？"

"是池田吧？"

"是的。她俩谁大一些？"

"感觉绢子要比她小两三岁吧。"

吃完饭后，英子跟着信吾来到公司前面。她像是强忍着悲伤露出微笑说："我先走了。"

"谢谢。你是要回店里吗？"

"是的。最近绢子基本上都提前回家，不过店里是六点半才下班。"

"看来她确实没去店里呀。"

英子似乎在催促他今天就去见绢子，而信吾却打不起精神。

而且，就算回到镰仓的家里，大概也不忍心看到菊子吧。

在修一外遇期间，菊子连怀孕都觉得悔恨，这种洁癖可能让她有了不生孩子的想法，但做梦也没想到绢子却怀孕了。

流产手术的事信吾知道后，菊子回娘家住了两三天，回来后她和修一的关系看起来似乎变和睦了。修一每天都早回家，好像很体贴菊子。这到底是怎么回事呢？

若往好的方面想，可能是要生孩子的绢子让修一感到痛苦，他想疏远绢子，并对菊子表示歉意吧。

不过，信吾脑海里却好像隐藏着一种令人厌恶的颓废和背德的臭味。

他不懂这都是怎么产生的，甚至觉得连胎儿的生命都是业障。"难道生下来就是我的孙子吗？"信吾自言自语。

蚁 群

一

信吾在本乡路的大学旁走了一阵。

他在有商店的一侧下车，要进入绢子家的小巷就必须走这一侧，但他却有意越过电车道，向对面一侧走去。

去往儿子的外遇家，信吾有些郁闷踌躇。第一次见到怀孕中的她，"不要生下这孩子"之类的话能说得出口吗？

"而且，这不等于杀人吗？还说不想脏了自己这个老人的手。"信吾自言自语。

"不过，要解决问题肯定会很残酷。"

儿子本该来处理这事，不应该父母出面。不过信吾没有给修一说这事，就想看看绢子的情况。莫非这是因为他不信任修一？

信吾惊讶地感到不知何时起，他和儿子之间竟产生了如此意外的隔阂。他去绢子那里，与其说是替修一解决问题，毋宁说是可怜菊子，为菊子感到不平。

只有大学校园的树梢上，驻留着强烈的夕阳，人行道阴暗起来。校内的草坪上，身着白衬衫和白裤子的男学生与女学生围坐一起，看起来真符合梅雨天短暂的晴日光景。

信吾用手摸了摸脸颊，发现酒已醒了。

绢子离开门店还有一段时间，因此信吾就邀请其他公司的朋友到西餐厅吃饭。都是好久没见的朋友，所以不自觉地就喝起酒来。在上到二楼食堂之前，他们先去下面的酒馆喝酒，信吾也喝了一点，之后又回到酒馆坐下。

"怎么，这就要回去吗？"朋友有些惊讶，本以为好久不见像是有话要说，所以提前给筑地的某个地方打了电话。

信吾是要花一个小时见人才来的，于是走出了酒馆。朋友在名片上写了位于筑地的家里地址和电话交给信吾。当然，信吾并没打算要去。

信吾沿着大学围墙边走边寻找对面小巷的入口。他虽然记忆模糊，但并没走错地方。

他进入向北开的幽暗大门，发现粗糙的木屐箱上放着西洋花的盆栽，挂着一把女式伞。

一个系着围裙的女人从厨房走出来。

"哎呀。"她神色诧异，脱下了围裙。一袭深蓝色的裙子，光着脚。

"是池田小姐吧？记得你什么时候还去过我们公司……"信吾说。

"是的。那是英子带着我去的，真是冒昧了。"

池田一只手握着卷成团的围裙，双膝跪坐着看着信吾，似乎有话要说。她眼边有雀斑。可能是没有施粉的缘故吧，雀斑十分明显。鼻子细长，单眼皮孤零零的，长得倒也白净，容貌也不错。

那崭新的白衬衫应该是绢子做的。

"其实，我来是想见一下绢子小姐的。"信吾用请求的口吻说。

"是吗？她还没回来呢，不过也快了。您先进来吧。"

厨房散发出煮鱼的香味。

信吾本想着等绢子回来吃完晚饭后再来比较好，可是被池田挽留后，他来到了客厅。

八个榻榻米大小的客厅里堆满了时装样本，好像还有很多是国外的流行杂志。杂志旁边立着两个法国模特道具，带有装饰风格的衣裳颜色与古旧的墙格格不入。正在缝制的丝绸从缝纫机垂落下来，这些光鲜夺目的花纹使得榻榻米看起来更脏了。

缝纫机的左侧有张小桌子，上面放着小学教科书，还有一个男孩的照片装饰其上。

缝纫机和小桌子中间有个镜台。此外，后面的壁橱前立着一个大试衣镜。它格外显眼，可能是绢子试穿自己做好的衣服时用的，也可能是临时让客人试穿用的。试衣镜旁放着一个大熨斗。

池田从厨房端来橙汁。她注意到信吾正在看男孩的照片，便坦率地说："那是我的孩子。"

"是吗？他上学吗？"

"没有。孩子没在我这儿，留在了丈夫家。那书……我不像绢子那样有这样的工作，因此只能做点类似家庭教师之类的活，来回奔波于六七户人家。"

"是这样呀。要都是一个孩子的教科书，那就太多了。"

"嗯。是教不同年级的孩子……他们和战前的小学差异很大，我虽然不大能教好，但和孩子一起学习，有时候会觉得就像和自己的孩子在一起一样……"

信吾只顾点头，面对这个战争遗孀，他说不出一句话来。

要说绢子，她还在上班呢。

"您怎么知道我们住在这家的？"池田问他，"是修一说的吗？"

"不，我以前就来过一次。虽然来了，可是没进屋。那还是去年秋天来着。"

"啊，去年秋天？"

池田抬头看了信吾，又低下眼，稍微沉默了一会儿，冷淡地说："最近修一可没有到这来。"

要不要把突如的来意告诉池田呢，信吾心里琢磨着。

"听说绢子怀孕了？"

池田忽然耸了耸肩膀，将目光转移到自己孩子的照片上。

"她是不是打算生下来呢？"

池田还是看着孩子的照片。

"这个，您直接问绢子吧。"

"是这个道理，但要生下来的话母亲和孩子都会不幸的。"

"无论怀没怀孕，要说不幸，绢子确实很不幸。"

"不过，你的意思是不是也建议她和修一分手？"

"嗯。我也那么想……"池田说，"绢子很了不起，我也谈不上劝说她。我和绢子的性格大相迥异，但却相处得好。自从在遗孀会上遇见之后就一起生活起来，我一直受到绢子的鼓励。我们俩都是离开夫家不回娘家的人，倒落了个自由之身。我们商量着要自由思考，因此虽然带着丈夫的照片，但都放进了行李中，只把孩子的照片拿了出来……绢子读了大量的美国杂志，还会翻阅法语词典。她说只有做西式裁剪时才用，里面涉及的生词很少，基本上能看懂。不久，她可能要自己开店。她向我说过再婚也可以，但我不知道她为什么总是和修一纠缠在一起。"

门一开，池田秋快速起身过去。信吾听见门口说："你回来啦。尾形的父亲来了。"

"要见我吗？"沙哑的声音传来。

二

绢子好像去厨房喝水了，厨房里响起了自来水的声音。

"池田，你也同去吧。"绢子转身说着，就走了出来。

绢子穿着漂亮的裙子，可能是骨架比较大吧，信吾看不出来她怀孕了。真想象不出从她那小而紧凑的嘴唇中会发出沙哑的声音。

镜台位于客厅，她像是用小粉盒简单化妆后过来的。

信吾对她的第一印象并没那么糟。扁平的圆脸，看不出池田所说的那种坚韧劲，而且手还有点胖。

"我是尾形信吾。"信吾说。

绢子没有应答。

池田也走来了，在小桌子前朝着他们坐下，她说："尾形先生已经等了好长时间了。"绢子没有作声。

绢子那明晃晃的脸上虽没有表现出明显的反感和疑惑，但看起来像要哭出来似的。这时信吾想起修一在这里喝得大醉，强要池田唱歌时绢子就哭过。

绢子像是从热辣辣的大街上匆忙赶回来，她面色通红，都能看到她那丰满的胸部在呼吸。

信吾并没能说出尖锐的话来。

"我来见你虽然有点不太合情理，但就算不见面……我想说什么你应该想得到吧。"

绢子依旧没有吭声。

"当然了，是关于修一的事。"

"要是修一的事，就请您免开尊口。您是想让我道歉吗？"绢子口气决绝。

"不是。我必须得向你表达歉意才对。"

"我已经和修一分手，不会再给您家添麻烦了。"

接着，她看了看池田说："你看，这样说可以吧？"

信吾吞吞吐吐地说："总归还是孕育了这个孩子嘛。"

绢子脸上失去血色，用尽气力说："您什么意思，我不明白。"她声音低沉，越发沙哑了。

"冒昧问一句，你是不是怀孕了？"

"这种事，一定要我回答吗？一个女人想要孩子，别人有什么资格干涉？男人能懂吗？"

绢子直言快语，眼里已经饱含泪水。

"你说的是别人，但我是修一的父亲呀。你的孩子，也应该需要父亲呀。"

"没有。战争遗孀决定把私生子生下来。我没什么愿望，只求把这孩子生下来。您慈悲为怀，就可怜可怜我吧。我腹中怀的孩子，就是我的骨肉。"

"话虽如此，但是你以后再结婚的话，还会生孩子的……没必要生下这个名不正言不顺的孩子。"

"有什么名不正言不顺呢？"

"也不是这个意思。"

"我今后未必结婚，也未必生孩子。难道您能像神一样做出预言？以前我就没有孩子。"

"你和孩子父亲之间的关系，会让孩子和你受苦的。"

"阵亡战士留下的孩子很多，这些孩子的母亲都备受苦难。您要是知道有人因战争而去了南洋甚至还留下了混血儿就明白了。男人早已遗忘的孩子，女人会将其抚养长大。"

"我说的是修一的孩子。"

"用不着您家照顾，可以了吧？我保证绝不会为此哭闹。我已经和修一分手了。"

"话不能这么说吧。孩子以后的路还长，父子间的缘分是怎么也剪不断的呀。"

"不，这不是修一的孩子。"

"你应该知道修一的妻子不愿生孩子吧。"

"身为妻子生多生少是她的自由。要不生的话，可能会后悔。他那养尊处优的妻子自然无法理解我的心情。"

"你也不理解菊子的心情。"

信吾无意间把菊子的名字说了出来。

"是修一让您来的吧？"绢子用追问的口吻说，"修一说不让我生，他对我连踢带打，想把我拉扯到医生那儿去，并把我从二楼拖了下来。他用这种暴力，耍这样的花招，不正好体现出他对妻子的情分吗？"

信吾面色很是难看。

"你说，够狠心的吧？"绢子转问池田。

池田点了点头，对信吾说："绢子做西服剩下的布料，攒起来以后就可以给孩子做尿布了。"

"我被踢了一脚，担心孩子，所以之后去了医院检查。"绢子接着说，"我告诉修一，这不是你的孩子，不是！后来就这样分手了，他也没再来。"

"这么说，孩子是别人的……？"

"是的。您说得不错。"

绢子抬起头。她刚才就曾落泪，现在又有泪水顺着脸颊流下。

信吾不知所措，但他发现绢子很美。她的五官细看起来算不上精致，但打眼一看会让人觉得她是个美人坯子。

不过，虽然外表温柔，但绢子这女子，却让信吾感到棘手。

三

信吾垂丧着脸从绢子家走了出来。

绢子收了信吾给她的支票。

"你要是已经和修一分完手的话，可能收下比较好。"池田语气干脆，绢子也点了点头。

"是吗？这是分手钱？我竟然成了收取分手钱的人。需要写收据吗？"

信吾打了辆出租车，他不知道绢子是否会和修一和解，然后打掉孩子，还是这样彻底断绝往来。

绢子对修一的态度和信吾的来访越发表示反感，情绪也有些激动。不过，这也显示出想有孩子的女人那哀切的愿望是多么强烈。

修一再来找她会有危险，但照此下去，她就要把孩子生下来。

要像绢子所说的那样孩子是别人的那就好了，可关键是修一也不清楚。绢子故意这么说，修一就轻信了。有时候没有纠纷就能天下太平，但生下这个孩子毕竟是板上钉钉的事。即使自己死了，这个不认识的孩子还会活在世上。

"这都是什么事呀。"信吾自言自语。

相原决定与那个女人殉情后，就匆忙提出离婚，并将房子和两个孩子交给娘家。修一就算要和绢子分手，孩子总该留在某个地方。这两件事都没解决好，难道不是一时糊涂吗？

对于任何人的幸福，信吾都感到无助。

尽管如此，想起自己与绢子拙劣的对话，就心生伤感。

信吾打算从东京站回家，但看到口袋里朋友的名片，便坐车绕行去了筑地的朋友家。

他本想向朋友诉说一番，可与两名艺伎喝了酒，就语无伦次了。

信吾想起有次在宴会归来的车里，他让一名年轻艺伎坐在膝盖上。艺伎一过来，朋友就连连告诉信吾说她不可小觑，很有眼力见儿之类的话。信吾记不清她的容貌，却记得她的名字，这对信吾来说可真不容易呢。那是个可怜但高雅的艺伎。

信吾和她进了小房间，但什么都没做。

不知何时，她那柔和的脸蛋贴到了信吾胸前。信吾以为是她故作媚态，却看到她好像已经睡了。

"睡了吗？"信吾看了一眼艺伎，但由于她紧贴着自己，看不到脸。

信吾微笑了。这个头贴在自己胸前熟睡了的女孩，给他带来了温柔的慰藉。她比菊子小个四五岁的样子，应该有十几岁吧。

可能这就是艺伎的辛酸吧，但年轻的女孩贴着信吾入睡，让他沉浸在温柔的幸福乡里。

他觉得，所谓幸福可能就是这种飘忽且虚幻的东西吧。

信吾恍惚意识到在性生活方面也有贫富之别和幸运不幸运之

分。他悄悄抽出身子，决定坐末班车回去。

保子和菊子在餐室等候。这时已经过了凌晨一点。

信吾有意避开菊子的脸。

"修一呢？"

"他先睡了。"

"是吗？房子也睡了？"

"是的。"菊子一边收拾信吾的西服，一边说，"今天一直到晚上天气还不错，现在又变阴了吧？"

"是吗？我没注意。"

菊子刚站起来，信吾的西服就掉落了，她再次拉展了裤子的折痕。

菊子去过美容院了吧？信吾发现她头发变短了。

听着保子的呼噜声，信吾很难入睡，睡着后很快又做起梦来。

他梦见自己变成了一个年轻的陆军将校，身穿军服，腰配日本刀，还有三把手枪。他让修一出征时带上刀，那刀好像是家传之物。

信吾行走在夜路之上，还带着一名樵夫。

"夜路很危险，不好走，您靠右走比较安全。"樵夫说。

信吾靠到右边，但还是感到不安，就打开了手电筒。手电筒的玻璃镜周围全镶嵌着钻石，闪着光亮，比一般手电筒要亮很多。借着亮光，发现有黑色的东西挡在前面。他以为是两三根巨大的杉树枝干压在一起，可是仔细一看，原来是成群的蚊子，是它们汇集成了大树的形状。信吾不知所措，只能冲过去了。他拔出日本刀，对蚊群乱砍一通。

他忽然看了一下身后，发现樵夫好像连滚带爬逃走了。此时，信吾的军服开始到处起火。诡异的是，信吾此时变成了两个人，另一个信吾正在看着军服起火的信吾。火沿着袖口、肩章和衣服边着起来，又灭了。说不上是燃烧，而是像细小的炭火那样，发出噼里啪啦的声音。

信吾终于回到家里，好像是孩提时信州的老家。他还看到了保子美丽的姐姐。信吾虽然很疲惫，却没有感到任何不自然。

逃跑了的樵夫最后也摸到了信吾家。他刚一进门，就断气倒下了。

从樵夫身上，他抓了一大桶蚊子。

不知道为什么能抓到，但信吾清楚地记得桶里满是蚊子，然后就醒了。

"可能是蚊子钻进蚊帐了吧。"他想认真听，可脑袋混沌而沉重。

这时下起雨来。

蛇　卵

一

到了秋季，夏日的疲惫显现出来，因此信吾在回家的列车上有时就会打盹。

下班时的横须贺线十五分钟一趟，二等车厢并不拥挤。

现在这个点也像是做梦一般，信吾恍恍惚惚的脑海中浮现出道路两旁的洋槐树来，洋槐树开满了花。东京道路两旁的洋槐树是否都开花了呢，从这儿通过时信吾心里就在琢磨。这是九段下通往皇居护城河的一条路。八月中旬，小雨纷纷。道路两旁，只有一棵洋槐树下的柏油路上铺满了落花。这是什么原因呢？信吾从车里回望时，看到了这番景象。那是泛青的淡黄色花朵。即便没有这棵落花的洋槐树，仅凭那些路旁开花的洋槐树，应该也会给信吾留下印象吧。因为那是去医院看望患肝癌的朋友后回来的路上。

说是朋友，其实就是大学同学，平日里也没什么来往。

朋友看起来很衰弱，病房只有一名护士。

信吾不知道这位朋友的妻子是否健在。

"你见过宫本了吗？即使没见，能不能麻烦你打个电话拜托那件事。"朋友说。

"哪件事?"

"正月同学会时说的那件事呀。"

信吾想起来他是要氰化钾。看来,病人可能知道自己患了癌症。

信吾他们这些六旬老人的聚会上,很容易谈到衰老的话题和病死的恐怖。从宫本的工厂使用氰化钾说起,有人建议如果得了不治的癌症,就可以要点这种毒药。因为受这种恐怖病痛的长期折磨,真的太悲惨了。再者说既然宣告了死亡,就让自己来自由选择死亡时间吧。

"可是,那是酒后寻开心的话呀。"信吾的话有些滞塞。

"不会用啦,我才不用呢。正如当时说的那样,我只是自由地拥有它而已。一想到只要有了这个随时都可以用,就能产生了承受痛苦的力量,不是吗?我最后的自由,或者唯一的反抗,不就只剩下这个了吗?不过,我发誓不用它。"

朋友说话期间,眼里闪烁出光亮来。护士一直在用毛线织毛衣,一句话也没说。

信吾没有拜托宫本,后来就不了了之,但想到将死的病人肯定会翘首盼望,就觉得不是滋味。

从医院回家途中,来到道路两旁开花的洋槐树前,信吾松了一口气。可是刚要眯一会儿时,那两旁的洋槐树又浮现在脑海,看来病人的嘱托还在他脑海回荡。

不过,信吾还是睡着了,当他醒来时,电车已经停下。

但停车的地方并非车站。

这边的电车一停，旁边路上疾驰的电车响声就变得强烈起来，因此把他吵醒了。

信吾乘坐的电车走了一小段就停下来，再发动后又停了下来。

一群孩子从小道上向电车跑来。

有旅客从窗户探出头看了看行驶的方向。

左窗边能看到工厂的混凝土墙。墙和铁路之间，是个满是污水的小沟，电车里都飘进了恶臭。

从右窗边能看到一条小路，孩子们正从路上跑来。一只狗将鼻子伸进路边的青草丛，经久不动。

小路与铁道交会的地方，有两三间打着旧板材的小屋。透过四方形的洞穴般的窗户，好像有个傻姑娘在向电车招手，她招手的动作舒缓无力。

"十五分钟前驶出的电车好像在鹤见站出了事故，正好停在了这里。让大家久等了。"乘务员说。

信吾前的外国人，摇醒同行的青年，用英语问："他在说什么？"

青年用双手抱着外国人的一只大胳膊，脸颊贴着他的肩膀就睡了。醒来后，还保持那个姿势，撒娇似的抬头看了看外国人。青年睡眼惺忪，眼睛微红，眼窝深陷，头发染的是红色。不过，发根处却露出黑色来，确切说是茶色的脏发，因此只有发尖显得很红。信吾心想，他莫非是外国人的男同？

青年把外国人放在膝上的手掌翻过来，然后将自己的手与之合十，并轻轻地握紧，就像一个获得了满足感的女子。

外国人穿着一件坎肩，露出棕熊一样全是毛的胳膊。青年并没那么矮小，但外国人太过魁梧，让他看起来像个小孩。外国人肚子肥，脑袋大，恐怕转身都费劲吧，对青年的亲昵毫不在意，表情还有些可怕。他那血气方刚的样子，让青年面带土色的疲惫感越发明显了。

外国人的年龄难以知晓，但从他那颗大秃头、褶皱的脖子和裸露的胳膊上的斑来看，信吾觉得他应该和自己年龄相仿。想到此，他感到外国人就像是从外国来征服这个国家的青年的巨大怪兽。青年穿着暗红的胭脂色衬衫，开着上扣的地方，能看到他的锁骨。

信吾总感觉这个青年不久就会死去，他把目光移开了。

臭水沟边上，一排排艾草生机勃勃，可电车还停着没动。

二

信吾嫌蚊帐碍事，就没再挂。

保子基本上每晚都会埋怨，有时故意拍几下蚊子。

"修一还挂着蚊帐呢。"

"那你去修一房里睡好了。"信吾看着没挂蚊帐的天花板。

"我不能去修一房间，不过从明晚开始，我要去房子的房间了。"

"是吗？那你可以抱着个外孙女睡嘛。"

"里子都有妹妹了，为什么还总喜欢缠着妈妈呢。莫非里子有些不正常？我感觉有时她眼神有点奇怪。"

信吾没有回应她。

"没有父亲，可能就成那样了吧。"

"要是你更疼她些，说不定就好了。"

"国子更听话些。"保子说，"你也得让她更亲近你才好。"

"相原自那之后，是死是活也没给个信。"

"拿出了离婚协议，就可以了吧？"

"这样，这就算离了。"

"确实呀。不过，即使还活着，也不知道他住在何处……啊，想起这失败的婚姻，我都死了心。可是都生下了两个孩子，要是离婚的话，不就是目前这种处境吗？看来，结了婚也不靠谱呀。"

"就算婚姻失败，总该留点美好的回忆吧。房子有房子的不对，相原谋生艰难，他饱受了怎么样的苦楚，房子也关心不到。"

"男人要是自甘堕落，可能会让女人不知所措或无法靠近。如果被抛弃还一味忍着，房子和孩子只有自杀一条路。男人即使到了穷途末路也有其他女人一同赴死，还不算社会的弃子。"

保子继续说："修一如今好像还可以，但以后怎么样就不好说了。这次的事，菊子的反应相当激烈呀。"

"是孩子的事吗？"

信吾的话里有两重意思，就是菊子不愿生孩子，而绢子想把孩子生下来。后一件事保子还不知道。

虽然绢子反抗说那不是修一的孩子，但生孩子的事她不愿受信吾干涉。那到底是不是修一的孩子信吾并不清楚，但信吾觉得她在有意说谎。

"我去修一房里的蚊帐中睡可能比较好。说不定他会和菊子两人谈论十分可怕的事呢，太危险了……"

"谈论可怕的事，是什么？"

仰面睡觉的保子向信吾靠拢过去。她的手势像是要牵信吾的手，但信吾却没伸出手。因此，她只浅浅地触碰了信吾的枕头边，用像告密似的低声说："菊子可能又怀上了。"

"什么？"

信吾吃了一惊。

"这么说为时尚早，但房子说确实怀上了。"

保子已经表现不出来自己当时怀孕的样子了。

"房子是那么说的吗？"

"她言之过早了吧。"保子重复说，"以后的事言之过早吧。"

"不。只是房子的观察吧。"

保子说的"观察"一词有点奇怪，信吾觉得，这只是回娘家后的房子与弟媳间的闲聊罢了。

"你也给她说一声，这次要多保重才是。"

信吾胸中憋闷。他一听到菊子怀孕，绢子怀孕的事就更让他窘迫了。

两个女人同时怀上一个男人的孩子，大概没什么不可思议。但是，这事发生在自己儿子身上，就产生出奇怪的恐怖感了。这莫不是某些事带来的复仇或诅咒，抑或是地狱的情景？

想来这本是极为自然健康的生理现象，但信吾如今却产生不出这种豁然的心态。

而且，菊子是第二次怀孕。菊子堕掉此前那个孩子的时候，绢子就怀孕了。绢子还没有生产，菊子就又怀上了。菊子并不知道绢子怀孕的事。绢子已经显怀，好像都有了胎动。

"这次我们都知道了，菊子应该不会再做傻事了吧？"

"是呀。"信吾无力地说，"你也好好跟她聊聊。"

"菊子生的孙子，你肯定也会疼爱的。"

信吾辗转难眠。

有没有暴力手段让绢子不要生孩子呢？信吾焦急地思考着，脑子里浮现出凶恶的幻想。

绢子说那不是修一的孩子，但只要调查一下她平日的品行，或许能找到让人放心的线索。

庭院的虫鸣传到耳际，此时已经过了午夜两点。不是金琵琶或金铃子，而是什么不知名的虫子在叫，这让信吾感到像是睡在阴暗潮湿的土中。

最近梦多，黎明时又做了一个长长的梦。

梦中的旅途已经忘却，醒来时好像还能看到两只出现在梦中的白蛋。沙滩上，除了沙子别无其他，两只蛋并列在那里，一只是巨大的鸵鸟蛋，另一只是小小的蛇蛋。蛇蛋有些裂缝，可爱的小蛇探出头来晃动着。信吾看着它，觉得它着实可爱。

不过，这肯定是信吾忧思着菊子和绢子的事才做出这样的梦来。哪个胎儿是鸵鸟蛋，哪个胎儿是蛇蛋，他当然不知道。

"哎呀，蛇是胎生还是卵生呢？"信吾自言自语。

三

第二天是周日，过了九点信吾还躺在床上，腿脚慵懒。

早上起来一回想，不管是鸵鸟蛋还是从蛇蛋里探出头的小蛇，都很可怕。

信吾无精打采地刷完牙，向餐室走去。

菊子把报纸叠放在一起，用绳子绑好，可能是打算卖掉吧。

菊子的任务是认真地替保子把晨报分成晨报，晚报分成晚报收集起来，然后按时间分好。

菊子站起来为信吾沏茶。

"爸，有两个有关两千年前莲花的报道，您看过吗？我单独拿出来了。"菊子一边说，一边将这两天的报纸放在矮饭桌上。

"啊，好像看过了。"

不过，信吾再次拿过来看了看。

从弥生式的古代遗址发现了大约两千年前的莲子，莲博士让它发了芽。莲子开花的事此前报纸出现过。信吾把这张报纸拿到菊子的房间让她看。当时菊子刚从医院流产回来，还躺在床上。

之后，又有两次出现了莲花的报道。其中一次是莲博士将莲根分开，种在了母校东京大学的"三四郎池"。另一次是有关美国的报道。东北大学的某位博士在中国东北地区泥炭层发现了化石般的莲花，然后送到了美国。在华盛顿国家公园，美国人将莲子的硬变外壳剥掉，用湿润的脱脂棉包好放入玻璃之中。去年，就发出可爱的新芽。

今年再将其移植到水池中，竟长出了两个骨朵，并开出了粉红的花来。公园管理科对外发布说这是千年乃至五万年前的种子。

"此前看到这消息时，我就想如果真是千年或者五万年前的话，那可真是相当久远呀。"信吾边笑边再次细心地读着，了解到日本博士从发现种子的地层情况想象到了这是几万年前的东西，而美国对剥掉外壳的种子进行了碳十四放射研究，推断这有一千多年。

这是来自华盛顿的报刊特派员的通讯。

"您看完了吧？"菊子将信吾放在旁边的报纸捡起来。她的意思也是问报道莲花的报纸能不能卖掉。

信吾点了点头。

"不管是一千年还是五万年，莲的生命确实很长呀。和人类的寿命相比，植物的种子才是永恒的生命。"他一边说，一边看菊子。

"如果我们也埋在地下一两千年，只休眠而不死的话……"
菊子像是自言自语说。

"埋在地下，这……"

"不是墓葬。不是死亡，而是休眠。人真的就不能埋在地下休眠吗？过五万年再出来，说不定自己的难处和社会的难题通通解决了，世界都成了乐园。"

房子在厨房给孩子喂东西，喊道："菊子，这是你爸的饭吧？你过来看看。"

"来啦。"

菊子起身，把信吾的饭端了过来。

"大家都先吃了，只剩下爸爸了。"

"是吗？修一呢？"

"去鱼池了。"

"你妈呢？"

"在院里。"

"啊，今早不吃鸡蛋了。"信吾说罢，将盛放生鸡蛋的小碗递给菊子。他想起了梦中的蛇卵，丧失了食欲。

房子拿来烧好的鲽鱼干，默不作声地放在矮脚桌上，又返回到孩子身边。

菊子接过饭碗，信吾小声直接问她：

"菊子，要生孩子啦？"

"不是。"

菊子仓促回答之后，好像对这冷不丁的问题感到惊讶。

"不，没这回事。"她摇了摇头。

"真的吗？"

"嗯。"

菊子犹疑地看着信吾，脸带羞涩。

"这次可要多注意呀。之前我和修一谈论过，问他今后能不能保证有孩子，修一爽快地说可以保证。这可是说出了不怕欺天的证据。其实自己明天的命运真的都无法保证，对吧？孩子无疑是修一和你的，但也是我的孙子呀。你肯定会生个好孩子。"

"真对不起。"菊子低垂着头。

看不出她隐瞒了什么。

为什么房子说菊子看起来像怀孕了呢？信吾怀疑房子是不是过度解读了。不可能是房子已经注意到，而作为当事人的菊子还没觉察吧。

刚才的对话会不会让厨房里的房子听到了？信吾回头看了看，房子好像已经带着孩子出去了。

"修一此前没去过鱼池之类的地方吧？"

"嗯。是不是去向朋友打听什么事去了？"菊子说。信吾心想修一有没有和绢子分手呢。

周日，修一还曾到她那儿去过。

"一会儿去鱼池看看如何？"信吾邀请菊子同去。

"好。"

信吾走到庭院，发现保子正站在那里仰望樱花树。

"怎么了？"

"没什么，樱花树叶子大都掉落了。可能生虫子了吧。我本来以为是夜蝉在鸣叫，却发现树上都没叶子了。"

说话期间，枯黄的叶子就不断飘落下来。因为没风，所以叶子都没翻转，直接落在地上。

"听说修一去鱼池了？我带菊子出去看看就回来。"

"去鱼池？"保子转过身来。

"我问过菊子了，她说没那回事。是不是房子搞错了？"

"是吗？你问过她了？"保子心不在焉地问。

"这样好失望呀。"

"房子的想象力为什么会那么丰富呢？"

"为什么呢？"

"我问你呀。"

两人返回时，菊子已穿上白色毛衣，穿好袜子在餐室等候了。

菊子擦了腮红，看起来生机活泼。

四

电车窗上忽然映出红色的花来，是彼岸花。它开在车道的堤岸边，电车行驶而过的时候花离车很近，好像是在摇晃。

转眼，信吾凝视着户冢樱花堤上彼岸花簇簇盛开。花刚开，颜色红得鲜艳。

这红花让人想到秋日原野安静的早晨。

还能看到狗尾草的新穗。

信吾脱掉右脚上的鞋放在左膝上，开始搓脚心。

"怎么了？"修一问他。

"脚酸。最近，我有时上车站的台阶脚就会发酸。总觉得今年身体虚弱，生命力变差了。"

"菊子说您太累了，她很担心您。"

"是吗？可能是我说想埋入土里，休眠五万年吧。"

修一用惊异的表情看着信吾。

"这是有关莲子的故事。报纸上说，上古的莲子能发出芽开出花来。"

"啊？"

修一点了一支香烟，然后说："被您问到是不是怀孕了，菊子感到很是尴尬呀。"

"怎么了？"

"还没怀吧。"

"那么，绢子的孩子是怎么回事？"

修一怔住了，他用反问的口吻说："我听说您到过她家，给了她分手费。您没有必要这么做呀。"

"你什么时候听说的？"

"间接听到的。因为我和她分手了。"

"孩子是你的吧？"

"绢子自己坚持说不是……"

"对方怎么说是一回事，难道你的良心不存在问题吗？到底怎么回事呀？"信吾的声音有些颤抖。

"要说良心，我真不明白。"

"什么？"

"即便我一人受苦，也绝不会狠心去欺辱女人。"

"她总比你苦吧。菊子就是这样呀。"

"不过，要是分手的话，绢子还是绢子，我觉得她会潇洒地生活。"

"那可以吗？你难道真的不想知道是不是自己的孩子？还是说你良心发现了什么？"

修一没回答。作为大男人，他却有一对格外漂亮的双眼皮，此时频频地眨动着。

公司里，信吾桌上放着一个带黑框的明信片。信吾想起来，那位身患肝癌的朋友因衰弱而过早去世了。

是谁给他的毒药？他拜托的可能不止信吾一个人吧。或者说，他是用其他方式自杀的？

另一封信是谷崎英子的。信上，英子告诉他自己已经从原来的洋裁缝店换到别的店工作了。绢子在英子离开后不久也关了店，搬到沼津去了。她告诉英子东京生活不易，于是准备在沼津开了个属于自己的小店。

英子信中虽然没写，但信吾觉得绢子可能是想躲在沼津把孩子生下来。

难道正如修一所说的那样，绢子和修一以及信吾都没瓜葛，她已经走向了潇洒的生活？

信吾看着窗外明亮的日头，陷入了一阵恍惚。

和绢子同住的女孩池田如今孤身一人，她过得怎么样呢？

信吾想见见池田或英子，了解一下绢子的事。

下午，信吾去悼念亡友。信吾刚知道他的妻子在七年前就去世了。他们生前好像和长子一家生活，家里有五个孩子。长子以及几个孙子都和去世的朋友长得不相似。

信吾怀疑他是自杀，但觉得此事无论如何都不该去问。棺材前的花，多是些漂亮的菊花。

回到公司，刚翻看夏子送来的材料，没想到菊子就打来电话。信吾被一种不安袭来，心想莫非有事发生？

"菊子吗？你在哪里，东京吗？"

"是的。我回娘家了。"菊子话中带着明朗的笑声，她说，"妈妈说有事商量，所以我就回来了，结果没什么事。她说自己太孤单了，想看看我。"

"是吗？"

信吾胸中似乎感受到一种温情。可能是菊子电话里的声音就像少女一样动听的缘故吧，但又好像不单单如此。

"爸，您回家了吧？"

"对了，你们那边都好吧？"

"都好。我想和您一起回去，所以打电话问问。"

"是吗？菊子，你不用着急回来，我会给修一带话的。"

"不了，我要回去了。"

"那么，你先回到公司？"

"可以先到公司吗？我本打算在车站等您……"

"你先来这吧，我跟修一约好，咱们三个吃完饭再回家。"

"听说不管去哪儿吃饭，都找不到空席位呀。"

"是吗？"

"我现在马上出发可以吗？我出门的准备都做好了。"

信吾的眼睑都感到温暖，窗外的街道一下子看得清晰了。

秋 鱼

一

十月的早上，信吾正要系领带，手却突然不听使唤了。

"这，这……"

于是他停下手来，表情显得有些疑惑。

"怎么搞的？"

系了一半的领带一经打开，怎么都系不上了。

他拉伸领带的两端，并拎到胸前，歪着脑袋瞅着。

"您怎么了？"

站在信吾斜后方准备帮他穿上衣的菊子，绕到了他的前面。

"领带系不住，我竟忘记怎么系了，真是莫名其妙。"

信吾用笨拙的手慢慢地将领带一边卷在手指上打算穿进另一边，却不承想错乱地搅成了一团。他露出的表情似乎是想要说"莫名其妙"，但眼神中带着暗深的惊惧和绝望，让菊子感到惊讶。

"爸爸。"菊子喊他。

"应该怎么系呢？"

信吾竭力想着，可脑子里却是一片空白，直愣愣地站在那儿。

菊子看不过去，于是将信吾的上衣放在一只胳膊上，来到信吾近前。

"怎么系才好呢？"

拿着领带深感不知如何下手的菊子，她的手指在信吾的老眼里显得模糊不清。

"我完全忘了怎么系了。"

"爸爸，您不是每天都自己系吗？"

"是呀。"

在公司上班四十年来，每天都能熟练系上的领带为什么今早突然系不上了？以前怎么系连想都不用想，手自然一动，就系好了。

信吾无意间感到害怕，觉得这莫不是丧失自我或落伍了。

"虽然我每天都看您系领带，但……"菊子表情严谨，她把信吾的领带一会儿卷起，一会儿又拉开，不停地尝试可就是系不好。

信吾由着她如此，并露出幼时感到寂寞就会撒娇的心情。

菊子的头发飘着清香。

她忽然停住手，脸颊变红。

"我也不会呀。"

"你没帮修一系过吗？"

"没有。"

"在他喝醉回家时，只是帮他解开吗？"

菊子稍微挪开步，心气不顺地一直看着信吾那耷拉着的领带。

"说不定妈会系呢。"菊子舒了一口气，就抬高声调喊着，"妈，妈。"

"爸说他不会系领带了……您能不能过来一下。"

"又有什么事呀？"

保子一脸木然地走过来。

"自己以前不是系得挺好的吗？"

"他说他忘了怎么系了。"

"突然一下子就不会系了，真奇怪。"

菊子移到旁边，保子站在信吾面前。

"呀，我也不太会了，都忘了。"保子一边说着，一边用拿着领带的手将信吾的下巴轻轻抬起。信吾闭着眼睛。

保子像是在想尽办法。

信吾头被迫向上仰着，可能是压迫到了后脑的缘故吧，他觉得忽然有些神志不清，眼里都闪耀着金色的烟雪，就像是大雪崩的烟雪受到了夕阳的照射，还能听到隆隆声。

难道是脑溢血？信吾慌忙睁开眼。

菊子屏住呼吸，注视着保子的手。

这是此前信吾见到的故乡山上雪崩的幻想。

"这样可以了吧？"

保子帮他系好了领带，然后又规整了一下。

信吾用手一捋，碰到了保子手指。

"啊。"

信吾想起来了。大学毕业第一次穿西装时，为他系领带的是保子那美丽的姐姐。

信吾像是要避开保子和菊子的目光，头转向了西服柜上的镜子。

"这下好了吧？哎呀，老了不中用了，突然连领带都系不了，真可怕呀。"

从保子能系好领带来看，新婚之时信吾可能曾经让她系过，不过现在想不起来了。

保子在姐姐去世后，她去过姐姐家帮忙，是不是那时她帮帅气的姐夫系过呢？

菊子穿着凉鞋，有点担心地将信吾送到门口。

"今晚怎么安排？"

"不用开会，会早点回来的。"

"要早点回来呀。"

大船在周围，电车车窗外可见秋日晴空下的富士山，信吾又看了看领带，发现左右弄反了，左边卷扯得太长。可能是当时保子面对着信吾的缘故，她把左右弄反了。

"怎么会这样。"

信吾解开领带，没费力就系好了。

刚才忘记怎么系，就像谎言一样。

二

最近，修一和信吾经常一同回家。

每三十分钟一趟的横须贺线，傍晚时十分钟就发一趟，有时候还是空的。

在东京站，信吾和修一并排而坐，他们的座位前面有一名年轻女子坐了下来。

"麻烦您一下。"她对修一说，然后将红色里子的手提包放在座位上并站了起来。

"是两个人的座位吗？"

"嗯。"

年轻女子的回答暧昧，但施着浓浓白粉的脸色并无羞赧之色，转瞬间背影就向着月台走去。身上的大衣让她的肩膀看起来更加可爱高挑，大衣从肩部款款飘下，身姿妩媚而柔美。

对于修一直接问她是否是两个人的座位，信吾很是佩服，他觉得修一善于随机应变。可修一是怎么知道那女的在等约会对象呢？

修一给他解释完之后，信吾也认为她肯定是去接对象去了。

即便如此，女子原本坐在靠窗的信吾面前，她为什么却要和修一搭话呢？莫不是她站起来刚好面向修一，抑或是修一让她觉得容易接近？

信吾瞧了眼修一的侧脸。

修一正在看晚报。

不久，年轻女子就走进电车。她扶住车门，又一次环视了一下月台，好像并没看到要约会的人。回到座位上的女子，其浅色的大衣从肩部到下摆缓缓飘动，胸前有一个大扣子。大衣的口袋向前开得很低，女子将一只手放进口袋，大步流星地走过来。她的着装有些特别，却十分得体。

和刚才起身出去前不同，回来时她坐在修一对面。她转身三次向门口张望，由此可见可能是靠近通道的位子容易看到门口吧。

女子的包放在信吾前面的位置上，包是椭圆的筒形，金属口很宽。

钻石耳饰像是仿品，却光亮夺目。小脸上大鼻子很是醒目，嘴巴小而美。向上的浓眉修得短，双眼皮很是漂亮，不过线条并没有伸长到眼角。下巴标志好看，俨然是一个美女。

她目光略显倦浊，年龄尚不好说。

车门入口方向喧闹起来，年轻女子和信吾都看向那边，原来是五六个男人扛着大红叶枝走上了车。他们像是旅行归来，着实热闹。

信吾心想红叶呈鲜红之色，必然来自寒冷的地方。

男人们无所顾忌地大声说话，大家才知道那是越后深山的红叶。

"信州的红叶，也已经很美了吧。"信吾对修一说。

此时信吾想起来的其实是保子姐姐去世时放在佛龛的大盆栽

红叶，并非故乡山上的红叶。

当然，那时修一还没出生。

电车中带上了季节的颜色，信吾一直凝望着座位上出现的红叶。

信吾忽然抖了一下，发现他的前面正坐着女孩的父亲。

难道女子是在等她的父亲？信吾不觉间安心了许多。

父亲和女儿都长着大鼻子，两个鼻子并排在一起，着实有些搞笑。两人发际线也一样。父亲戴着一副黑框眼镜。

父女之间好像并不关心彼此一样，他们既不说话，也不对视。到品川之前，父亲就睡着了，女儿也闭上了眼睛。他俩的睫毛让人感觉都很像呢。

修一和信吾长得可没这么像。

信吾一方面期待父亲和女儿哪怕聊上一句，另一方面又有点羡慕两人就像陌生人一样并不关心彼此。

也许，他们有一个和睦的家庭。

到了横滨站，看到只有年轻女子下车时，信吾惊到了。他们根本不是父女，而是毫不相识的陌路之人。

信吾无精打采，很是沮丧。

她旁边的男人迷迷糊糊睁开眼确认是否出了横滨，又继续无状地睡起来。

年轻女子离开后，信吾一下子觉得那个中年男人很是邋遢。

三

信吾用肘碰了碰修一，悄悄说："他们不是父女呀。"

但修一的反应并没像信吾期待的那样。

"你看见没有？"

修一只是"嗯"地点了点头。

"真是不可思议呀。"

修一好像没觉得有什么不可思议。

"是挺像吧。"

"对呀。"

虽然那男人睡了，外加电车疾驰的声音影响，但也不该在眼皮底下大声评论人家呀。

信吾觉得那样盯着人看不妥，于是就收低视线。这时，孤独感袭上他的心头。

他感觉那男子应该很孤独，但那种孤独却潜入了自己的身体。

保土谷站和户冢站之间距离很长。秋日的天空暮色降临。

那男人比信吾小，好像五十过半的样子。在横滨下车的女子，可能和菊子年纪相当，但菊子的眼睛不如她漂亮。

信吾思忖：为什么那个女子不是中年男人的女儿呢。

信吾越发觉得不可思议。

世间竟有如此相像之人，让人一看就觉得他们是父女关系。

不过，这种情况并不多。对那位女子来说，可能只有这个男人与之相似，而对于这个男人来说，大概只有那位女子与之相似。彼此只有对方一人与之相似。换言之，像他俩这种情况，世间仅此一对。两人没有任何缘分，做梦也想不到对方的存在。

两人偶然间同乘一车，初次邂逅之后就不会再见。他们的交集只有漫长人生中的三十分钟，而且话都没说就离开了。虽然比邻而坐，但似乎都没看对方一眼，因此肯定没注意到彼此如此相似。奇迹之人，却没发现自身的奇迹就走了。

而受到这种不可思议之事冲击的，却是旁观者信吾。

信吾心想自己偶然坐在两人面前，见证了这样的奇迹，难道自己也是奇迹的参与者？

到底是什么力量创造了酷似父女的这两人，让他们一生仅有三十分钟邂逅，而且还让信吾看到这番情景呢？

况且，年轻女子只是因为没等到要等的人，就让她和看起来就是她父亲的男人并排而坐。

难道这就是人生？信吾疑惑地低声自语。

电车在户冢停下，刚才睡着了的男人慌忙站起来，行李架上的帽子落在了信吾脚下。信吾帮他捡了起来。

"呀，谢谢啦。"

男子没有掸掉帽子上的尘土，戴上就走了。

"真有这种不可思议的事呀，还真是陌生人。"信吾说出声来。

"他们长得相似，但打扮不同。"

"打扮？"

"女子看起来很利落，而刚才那个大叔却缺乏精气神。"

"女儿穿着靓丽，父亲穿着破旧一些不是很正常吗？"

"就算如此，着装的本质还是不一样。"

"哦。"信吾点了点头说，"女子在横滨下车，剩下男人自己一个人时，我都发现他立马变得落魄了……"

"是吗？一开始他就是那样呀。"

"不过，看起来突然落魄，我都感到不可思议。这让我感同身受，不过那个男人应该比我年轻呢……"

"确实如此。上了年纪的人带着年轻漂亮的女子，就容易引起关注。爸爸，您觉得呢？"修一说漏了嘴。

"是因为让像你这样的年轻人一看都觉着羡慕吧。"信吾敷衍了一句。

"我可不羡慕。年轻的俊男美女在一起，总觉得是稀松平常的事，要是丑男配上漂亮的女人，又觉得悲催，所以还是把美女交给老人吧。"

刚才那两人带给信吾的不可思议之处，至今仍未消却。

"不过，那两人说不定真是父女呀。我现在才忽然想起，她有没有可能是在别的地方生下的私生女？见了面没有自报家门，当然就不知道父女关系了……"

修一把头转向一边。

信吾说完，心想这下坏了。

他觉得修一可能认为自己的话有含沙射影的意思。于是补充说：“说不定你在二十年后也能摊上这种事呢。”

“爸，您想说的话就是这吗？我可不是伤感的宿命论者。敌人的炮弹从我耳边擦过发出呼呼声，但都没打中我。可能在中国和南洋有私生子，可是与其见了面也会形同陌路，要和飞过耳边的炮弹相比，简直不值一提，因为并不涉及生命危险。再说了，绢子未必生的就是女儿，她要说那不是我的孩子，我也只会在心里略作怀疑而已。”

“战争不同于和平时期嘛。”

“可能新的战争向我们迫近，而我们记忆中的先前的战争，也许会像亡魂一样追赶着我们。”修一用怨恨的口吻继续说，“正因为那个女子稍微与众不同，爸爸才无形中感受到了她的魅力，然后絮絮叨叨地说着奇怪的想法。一个女人只有和其他女人有所不同，男人才会关注嘛。”

“你仅仅因为女人稍微与众不同，就让她生养子嗣，这样做对吗？”

“我没有希望那样，要说希望，不如说是女方。”

信吾不再说话。

“那女子在横滨下车，那是她的自由。”

“什么是自由？”

“她又不结婚，招之即来，看起来挺高雅，实际上在不正常、不安定的生活中疲于奔波。”

信吾被修一的观察惊住了。

“你可真让人无语，什么时候堕落成了这样。”

"要说菊子，她就是自由的嘛，她有真正的自由。她既不是士兵，也不是囚犯。"修一辩解似的说着。

"说自己的妻子是自由的，是什么意思？你对菊子，也要说这样的话吗？"

"对菊子，还是由爸爸您来说吧。"

信吾尽力控制心绪说："你是告诉我让你和菊子离婚吗？"

"不是的。"修一声音很低。

"我只是说在横滨下车的那个女子是自由的……那女子和菊子年龄相当，所以您才觉得那两人像是父女，对吧？"

"什么？"

信吾被这么突然一问，竟愣住了。

"不是的。如果不是父女，那么长得如此相似，简直堪称奇迹。"

"也没您说得那么令人感动啦。"

信吾却回答说："不，我可是感动到了。"但当修一说菊子在信吾心底时，信吾凝噎了。

扛着红叶枝的客人在大船站下了车，信吾目送着红叶枝从站前走去。

"我们去信州赏红叶怎么样？带上你妈和菊子一起。"信吾说。

"对呀，不过我对红叶之类没什么兴趣。"

"我想看看故乡的山。你妈在梦中都梦到自己老家荒芜不堪了。"

"是都荒芜了呀。"

"要不是趁现在还能修整，就彻底荒废了。"

"架构还算结实，不会垮塌，但要是一修整的话……修整之后要做什么用呢？"

"我可以用来隐居，或者某一天你们也会散落至此。"

"到时我留下吧。菊子还没见过爸爸的老家呢，可以让她去看看。"

"最近菊子怎么样了？"

"我离开那个女人后，菊子也有些倦怠了吧？"

信吾苦笑。

四

信吾在周日下午，好像又去鱼池钓鱼了。

信吾将廊下晒着的坐垫排成一排，枕着胳膊躺在上面，享受着秋日的温暖。

廊前的脱鞋石上，泰路正睡着。

保子将十来天的报纸叠放在膝盖上，正在餐室里翻阅。

看到有趣的信息，保子就喊来信吾听。因为她经常如此，信吾对她爱搭不理。

"星期天，你就不要看报纸了。"说完，他就慵懒地翻了个身。

客厅的壁龛前，菊子正在那里插土瓜。

"菊子，土瓜是在后山找的？"

"是。很漂亮。"

"山上还有吗？"

"是的。山上还有五六个。"

菊子手上的瓜蔓上带着三个瓜。

每当早上洗脸时，信吾就能看到后山着了色的土瓜。菊子将其带入客厅后，看起来红得更加明显了。

信吾一瞧土瓜，菊子也进入了他的眼帘。

她那从下巴到脖子的线条，呈现出无法言说的精致之美。一代人生不出这样的线条来，大概是好几代的血统才能产生这样的美感吧。信吾心想着，觉得有些伤感。

可能因为发型的原因让脖子有些显眼吧，菊子看起来消瘦了。

菊子细长的脖颈线很是美丽，这一点信吾很是清楚。不过，稍微离远点躺着去看，会显得越发漂亮。

这可能也和秋天的好光线有关吧。

从下巴到脖子的线条，还散发着菊子少女般的芳香。

可是，当线条轻柔地膨胀后，那种少女的感觉就逐渐消失了。

"还有最后一个……"保子喊信吾过来，她说，"这个消息很有趣呢。"

"是吗？"

"这是一个美国方面的消息。说纽约州有个叫布法罗的地方，嗯，就是布法罗……一个男人因车祸掉了左耳，就去找医生。医生迅速奔赴现场，找到血迹斑斑的耳朵，捡起带回去，然后把耳朵在伤口处缝好。此后至今，好像都愈合得挺好。"

"听说指头刚切断，马上缝上的话也能长好。"

"是吗？"

保子看了一会儿其他报道，似乎略有所思地说："夫妻也一样，小别不久又重逢，也可能会相处得不错呢。分别时间太长的话，那就……"

"你都在说什么呀？"信吾的口吻并不像是质问。

"房子的境遇不正如此吗？"

"相原生死不明，不知所终。"信吾低声回答。

"他的行踪要是查一查就知道……可是该怎么办呢。"

"你还是心有不舍呀。他们的离婚登记不是早都出来了吗，别抱什么幻想了。"

"不抱幻想，我年轻时就一直如此。可是房子那样一直带着两个孩子在身边，我都不知道该怎么办才好。"

信吾沉默不语。

"房子其貌不扬，如果再婚的话，要是把两个孩子扔下不管，无论如何都会让菊子受很多苦的。"

"这样的话，那就让菊子他们搬出去住吧，孩子由你这个当外婆的来养。"

"我呀，不是珍惜我这把老骨头，你还知道我六十几了吗？"

"只能尽人事听天命了。房子去哪里了？"

"去看大佛了。孩子有些地方可真奇怪。里子有次看大佛回来被汽车刮蹭了，可她还是喜欢大佛，经常要去看呢。"

"不会是喜欢上大佛了吧？"

"好像是喜欢上了。"

"啊？"

"房子不回老家吗？她可以继承下来的。"

"老家的房子不需要继承。"信吾语气果断。

保子不说话，开始继续看报。

"爸爸。"这回是菊子喊他。

"妈妈刚才说耳朵的事，让我想起来爸爸此前好像说过把头从身体拿开，然后存在医院，能不能让医院来清洗或修理是吧？"

"是的是的。看了附近的向日葵花，觉得越发有必要这样。之前我忘了怎么系领带，以后把报纸倒过来看都可能没啥反应了。"

"我有时也经常想起这事。想着试试把头寄存在医院里。"

信吾看看菊子。

"嗯。好像每晚都把头寄存在睡眠医院里。另外，可能是年龄的缘故，我经常做梦。内心有痛苦，于是现实的延续便进入了梦中……这样的歌，我好像梦见过。我的梦，不应该是现实的延续。"

菊子看了看插好的土瓜。

信吾一边看土瓜的花，一边突然开口说："菊子，你搬出去住吧。"

菊子惊讶地转身站起来，在信吾旁边坐下。

"搬出去太害怕了，我害怕修一。"菊子用保子听不见的低声说。

"菊子，你有没有打算和修一分开？"

"如果分开了，我也希望您允许我能好好照顾您。"

"这对你来说是不幸呀。"

"不，我愿意这样，没有什么不幸。"

这仿佛就像是菊子第一次表现出的热情，信吾有点吃惊，并感到危险。

"菊子，你对我好，是不是把我错当成修一了呢？这样的话，反而会和修一产生隔阂的。"

"对于他，我还有不理解的地方。有时候他突然变得可怕，实在是没有办法。"菊子脸色苍白，似有所诉地看着信吾。

"是的，他参战之后就变样了。我也摸不清楚他内心的想法，有时故意……不过，不是说刚才的事，就像是割掉的满是血迹的耳朵一样，轻而易举地缝上去，说不定就能长得很好呢。"

菊子默不作声。

"'菊子是自由的'这句话，修一给你说过吗？"

"没有。"菊子抬起惊讶的眼神说，"要说自由……"

"嗯。我也曾反问过修一，问他说的自己妻子是自由的是什么意思。细细想来，可能是菊子从我这获得了更多的自由，我也让菊子变得更加自由这种意思。"

"'我'，是指爸爸您吗？"

"是的。'菊子是自由的'这话，修一说过让我告诉你。"

这时，天空发出声响。信吾以为真的听到了天上传来的声音。

抬头一看，原来是五六只鸽子从庭院上方低空斜飞而过。

菊子好像也听到了，于是走到廊下的另一端凝视着鸽子，眼含着泪水说："我自由吗？"

脱鞋石上的泰路追逐着鸽子的振翅声，跑向了庭院的对面。

五

周日晚饭时，一家七口聚在一起。

离婚后回到娘家的房子和两个孩子，当然也算在一家人之内了。

"鱼店里只剩三条香鱼了，里子吃一条呀。"菊子一边说，一边分别将鱼放在信吾、修一和里子面前。

"香鱼不是小孩子该吃的东西。"房子伸出手说，"给外婆吃吧。"

"不。"里子看住自己的盘子。

保子和蔼地说："好大的香鱼呀，这可能是今年最后一波了吧。我吃点你外公的，菊子就吃点修一的……"

这样一来，桌子上就形成了三组，或者也可以说是三家。

里子先用筷子去夹盐烧香鱼。

"好吃吗？吃相可真难看。"房子表情愁蹙，用筷子夹起香鱼子送到小女儿国子口里，里子并没有因此抱怨。

"你把鱼子……"保子唠叨着，用自己的筷子把信吾的香鱼子揪了一点。

"以前，在老家听了保子姐姐的建议，我还曾作过俳句。比如香鱼、落鲇（产卵期的香鱼）、锖鲇（产卵后的香鱼），都是秋天的季语。"信吾说着，忽然看了保子的脸，又继续说，"香鱼产卵后疲惫至极，样子颓唐，颜色衰退，然后跌跌撞撞游向大海。"

"就像我一样。"房子随即说道。

"只不过像香鱼那样的外表，我一开始就没有。"

信吾装作没听见。

"如今也有'任由流水定生机，秋天的香鱼'或'香鱼明知要死去，还入激流里'这样的俳句。总觉着，这都像是我的写照呀。"

"是说我才对。"保子说，"产卵之后游入大海，就会死了吧？"

"我想确实会死。偶尔也有潜藏在水流深处过一年的，这种叫寄宿香鱼。"

"我可能就属于寄宿香鱼。"

"我估计无法再待下去了。"房子说。

"不过，到咱家之后，房子也胖了，气色也好了呀。"保子看了看房子说。

"我讨厌发胖。"

"回娘家了嘛，就像潜藏在水流深处。"修一说。

"不会长时间潜藏的，那样可不行呀，我得进入大海。"房子抬高声音说。

"里子，就剩骨头了，别吃了。"房子告诫她说。

保子的表情微妙，她说："你爸关于香鱼的话题，把好好的香鱼给弄得没胃口了。"

房子一直是低着头，说话略带急促，这时一本正经地说："爸爸，你能不能帮我开个小店？卖化妆品也行，卖文具也行……地方偏远点都没关系。我想尝试弄个移动售货摊或饮食摊。"

修一有些惊讶地说："姐姐能干待人接物的生意活吗？"

"肯定能啦。客人又不是喝女人的脸，而是酒水。你以为有个漂亮的媳妇，就什么都能说呀。"

"我不是那个意思。"

"姐姐肯定能行的。女人都能做待人接物的生意。"菊子忽然说，"姐姐要是经营的话，我还想去帮忙呢。"

"哎呀，这可真是了不起啊。"修一看起来有些惊讶，此时饭桌上一片寂然。

只有菊子一个人脸红到耳根。

"怎么样，下个周日咱们去农村老家看红叶如何？"信吾说。

"看红叶？我想去。"保子眼睛一亮。

"菊子也去吧。你还没见过我们故乡呢。"

"好。"

房子和修一心里憋闷着。

"谁留守呢？"房子问。

"我留下吧。"修一回答。

"我来吧。"房子驳了众人的话。她说，"不过，在去信州之前，爸爸一定要给我个答复。"

"那我就给出一个答复吧。"信吾说着，想起了身怀有孕，并在沼津开了一家裁缝店的绢子来。

饭后，修一先起身离开。

信吾一边揉着僵硬的脖颈，一边站起，不由得看了客厅，然后打开灯说："菊子，土瓜垂下来了，因为太重了吧。"

清洗陶瓷餐具的声音，使得菊子好像并未听见。

在喧嚣的世界里，

坚持以匠人心态认认真真打磨每一本书，

坚持为读者提供

有用、有趣、有品位、有价值的阅读。

愿我们在阅读中相知相遇，在阅读中成长蜕变！

好读，只为优质阅读。

山音

策　　划：好读文化	责任编辑：牛炜征
监　　制：姚常伟	内文制作：尚春苓
产品经理：姜晴川	装帧设计：陈绮清

图书在版编目（CIP）数据

山音 ／（日）川端康成著；无问译. —北京：北
京联合出版公司，2023.4
　ISBN 978-7-5596-6558-4

　Ⅰ. ①山… Ⅱ. ①川… ②吕… Ⅲ. ①长篇小说—日
本—现代 Ⅳ. ①I313.45

中国版本图书馆CIP数据核字（2023）第010260号

山音

作　　者：［日］川端康成
译　　者：无　问
出 品 人：赵红仕
责任编辑：牛炜征

北京联合出版公司出版
（北京市西城区德外大街83号楼9层　100088）
北京联合天畅文化传播公司发行
北京美图印务有限公司印刷　新华书店经销
字数180千字　840毫米×1194毫米　1／32　8.625印张
2023年4月第1版　2023年4月第1次印刷
ISBN 978-7-5596-6558-4
定价：56.00元
